ENTRE MES DOIGTS COULE LE SABLE

Née en 1980, la Bretonne Sophie Tal Men est neurologue à Lorient.

Paru au Livre de Poche :

LES YEUX COULEUR DE PLUIE

SOPHIE TAL MEN

Entre mes doigts coule le sable

ROMAN

ALBIN MICHEL

ISBN : 978-2-253-07409-0 – 1re publication LGF

À ma tribu aux yeux couleur de pluie

« Être rationnel, ce n'est pas se couper de ses émotions.
Le cerveau qui pense, qui calcule, qui décide
n'est pas autre chose que celui qui rit, qui pleure, qui aime,
qui éprouve du plaisir et du déplaisir. »

Antonio R. Damasio
L'Erreur de Descartes

1

Le shampooing aux laxatifs

Marie-Lou

La cadre du service, Mme Bénard, a l'air préoccupée quand elle débarque dans notre bureau. Elle s'assoit lourdement sur le fauteuil et prend le temps d'éponger son front avec un mouchoir en tissu.

— Nous avons un problème avec l'admission en chambre 33.

Farah interrompt le classement des examens biologiques pour l'écouter.

— Ce patient revient de Thaïlande, il est apparemment fiévreux. Le médecin hygiéniste m'a appelée à l'instant, il faut prendre des précautions particulières. Des cas de grippe H1N1 ont été signalés. Je dois vous montrer l'équipement adéquat avant d'entrer dans la chambre.

— L'équipement ? répond Farah, visiblement intriguée. On ne doit pas mettre une casaque, des gants et un masque, comme d'habitude ?

— Eh bien non, soupire Bénard. Dans ce cas d'isolement, les précautions sont maximales. Des directives ministérielles sont tombées.

Cela ne me rassure pas du tout.

— Pourquoi vient-il dans notre service et pas en maladies infectieuses ?

— Je ne sais pas… Parce qu'on avait une chambre individuelle disponible. Le professeur Daguain vient d'avoir l'infectiologue au téléphone, il suspecte une méningite associée. Donc ça relève aussi de la neurologie.

Bénard reste catégorique et ne prête aucunement attention à nos haussements de sourcils et aux regards inquiets échangés entre co-internes solidaires.

— Une dernière chose, ajoute-t-elle. Vu le contexte, je pense qu'il faut que vous soyez deux pour réaliser la ponction lombaire. Une pour piquer, l'autre pour recueillir le liquide. Venez…

Pourquoi être deux ? Le patient est agité ? Ça veut dire quoi : « vu le contexte » ?

Miss Bénard nous a habituées à plus de précisions. Quand elle nous ordonne de la suivre, on obéit sans broncher. Il n'y a pas d'alternative.

Elle nous tend des charlottes, des lunettes de protection et deux pantalons taille 56 à enfiler par-dessus nos jeans.

Le fou rire me gagne. C'est nerveux.

— Le ministère n'exagère pas un peu, là ? Après, on va devoir passer dans un sas de décontamination, c'est ça ?

Farah ressemble à une spationaute dans cet accoutrement, je ne suis pas sûre que Bénard valide les quelques mèches de cheveux qui dépassent de sa charlotte. Je les lui ramène derrière les oreilles.

— On va pouvoir lancer une nouvelle mode, me dit-elle en souriant.

Toujours d'un calme olympien, Bénard est maintenant accroupie à nos pieds et s'évertue à nous scotcher des surchaussures avec du sparadrap. Elle ne semble absolument pas se rendre compte du caractère grotesque de la situation.

En entrant dans la chambre 33, des flashs nous aveuglent avant même que nous réalisions ce qui nous arrive. Des éclairs et des cris, puis une substance mouillée et gélatineuse qui nous atteint par jets. Un réflexe de survie nous pousse à faire marche arrière et à sortir de cette chambre mais Bénard fait barrage et bloque l'issue. Il faudrait être dix pour faire le poids.

Un canular... Mais oui, bien sûr ! C'est le dernier jour de stage. On est vraiment trop naïves ! C'était trop gros pour être vrai.

Toute l'équipe est au complet pour nous arroser et s'en donne à cœur joie. Les infirmières, les aides-soignantes, les kinés, les secrétaires... On ne cherche même plus à se débattre, nos surchaussures glissent de plus en plus et on finit par terre, les quatre fers en l'air. Ce liquide non identifié commence à me rentrer dans les oreilles et à me piquer les yeux.

— C'est quoi, ce gel ?

— Du Normacol, glousse Léna, une des meneuses de la bande.

— Le lavement pour la constipation ? Oh non, c'est immonde ! gémit Farah.

— C'est le bizutage de fin de stage, les filles ! Vous allez nous manquer.

Je lui balance ma charlotte gluante à la figure et s'ensuit une bataille de pantalons, surchaussures, casaques et autres objets en tout genre.

Bénard passe prudemment la tête dans l'encadrement de la porte et manque de se prendre en pleine face une des dernières giclées de laxatif.

— Bon, fait-elle, un peu embarrassée. Daguain vient d'appeler, il vous attend dans son bureau.

Cette gomina improvisée se révèle être un produit hydratant miracle pour cheveux secs mais impossible à faire partir. Les rinçages répétés, la tête penchée sous le robinet, ne servent à rien.

On se présente donc, piteuses, devant la porte capitonnée de notre grand chef. Farah prend soin de boutonner ma blouse jusqu'en bas pour tenter de cacher les taches luisantes qui décorent mon jean.

Daguain nous scrute de haut en bas, puis nous fait signe de nous asseoir.

— Hum… Je voulais vous voir pour vous remettre vos évaluations de fin de stage et vous dire tout le plaisir que j'ai eu à travailler avec vous ces derniers mois.

J'ai apprécié votre sérieux et votre motivation lors des visites du mardi matin.

Le rouge me monte aux joues. Je ne m'attendais pas à tant de compliments. Farah regarde ses pieds et paraît émue, elle aussi. Une tache graisseuse s'est formée sur le col de sa blouse, je me retiens de rire. On a l'air de quoi, toutes les deux ?

— Farah, vous partez à Quimper, c'est ça ?

— Oui, dit-elle en se raclant la gorge.

— Alors, saluez toute l'équipe de ma part. Vous allez voir, ce stage sera très formateur. Vous pratiquerez une neurologie plus généraliste et donc peut-être plus variée. Tenez… Je n'ai mis que des A. Votre gentillesse et votre calme ont été soulignés par l'équipe.

— Merci beaucoup.

— Marie-Lou… Merci d'avoir accepté d'aller à l'hôpital de Bohars au prochain semestre. Je ne vous ai pas vraiment laissé le choix… Vous savez, un stage en psychiatrie est fortement recommandé dans votre cursus. En plus, j'ai demandé à mon ami, le professeur Tournos, de poursuivre avec vous le travail que nous avons entamé sur les troubles compulsifs et la maladie de Parkinson.

J'acquiesce en silence, le laxatif me dégouline dans le cou.

— Il a été enchanté ! Il adore accueillir nos internes de neurologie dans son service. Méfiez-vous de son enthousiasme. Ha ha ha !

Je ne vois vraiment pas ce qui le fait rire et commence à regretter mon choix. Enfin, mon choix imposé !

— Vous allez voir, la frontière entre les deux spécialités est parfois bien mince. Vous allez apprendre plein de choses. Tenez… Une colonne de A pour vous aussi.

En me tendant la feuille, il soutient mon regard et me sourit avec bienveillance.

Daguain, malgré ses airs de grand chef, va me manquer.

2

Pistaches-cacahouètes

Matthieu

— Incision ! me crie le professeur Simon.

Je sursaute et manque de faire tomber le scalpel. Mon chef de service me rend nerveux à gesticuler autour de moi. S'il veut que ce soit moi qui opère aujourd'hui, il va falloir qu'il se calme.

Il me l'a d'abord présentée comme une fleur, cette intervention :

— Comme c'est toi qui as fait l'admission de ce patient, c'est toi qui prends le bistouri…

Mais il a vite ajouté :

— C'est ton dernier jour de stage, j'ai besoin de t'évaluer.

La fleur s'avère hérissée d'épines ! Il ne va pas me lâcher.

Bien sûr, rien ne se passe comme prévu. Ce n'est pas de ma faute si l'anesthésiste a mis plus d'une demi-heure à intuber le patient. Qui aurait cru que M. Gilbard, surfeur émérite taillé comme une armoire à glace, aurait une si petite bouche ? Impossible de passer le tube !

— Je t'assure, Denis, une ouverture de moins de trente-cinq millimètres ! s'est excusé l'anesthésiste. J'ai rarement vu ça pour ce type de gabarit.

Le regard noir de Denis Simon l'a dissuadé d'épiloguer. L'intervention doit durer deux heures maximum, pas une minute de plus. Surtout pas d'imprévus de dernière minute !

— Incision ! me crie à nouveau le professeur.

J'appuie sur mon scalpel avec application, mes doigts tremblent légèrement. Simon peut-il décoller sa tête de la mienne ? Il ne va quand même pas rester à souffler dans mon oreille pendant deux heures ?

— Oui, c'est ça, en rétro-auriculaire… On repousse l'oreille vers l'avant.

La voix du professeur devient plus calme et la pression semble diminuer.

— Tu peux pratiquer le fraisage maintenant, tout doucement… Tu commences par l'exostose postérieure… C'est bien, continue.

Je suis ses indications à la lettre. Un peu comme si je montais, pièce par pièce, une maquette d'avion. Ne surtout pas oublier une étape, sinon il faut tout reprendre à zéro ! Simon est étonnamment patient avec moi. Je n'ai peut-être pas rattrapé le retard mais j'ai évité les épines. Enfin, j'espère…

— Très bien… La préservation de la peau est primordiale pour la cicatrisation du conduit auditif.

Au moment de refermer, il se déride :

— Ça vous donne toujours envie de faire du surf en voyant une oreille pareille ?

— Oui, maintenant que je sais comment ça s'évite… Je porte toujours des bouchons d'oreille, même en été !

— C'est le sujet de votre thèse, n'est ce pas ?

J'opine du chef. *Il a l'air très au courant ! Faut-il lui rappeler qu'il est le président du jury ?*

— M. Gilbard fait partie des surfeurs que j'ai interrogés. J'ai fini par le plus atteint. Une obstruction à plus de 80 %, c'est rare.

Simon enlève sa casaque et me regarde suturer.

— Je compte sur vous pour venir de temps en temps dans le service au prochain semestre. Vous allez où déjà ?

— En neurochirurgie.

— Avec Mercier ? Parfait ! Mais n'espérez pas voir le jour pendant six mois !

Quelle réputation ! J'ai bien peur qu'il ait raison.

Comme tous les vendredis soir, c'est l'effervescence au *Gobe-mouches* et Josic, dit Jo, fidèle à ses habitudes, est assis à gauche du comptoir. Il écoute patiemment et sourit aux tirades de la tenancière. Lui ne raconte jamais rien sur lui. Comment ce grand taiseux, alcoolique au look improbable, est-il devenu mon meilleur ami ? Difficile de l'expliquer. Je l'ai croisé pour la première fois il y a deux ans, quelques étages plus haut, au bras de ma grand-mère. Tous les matins, il venait la chercher et l'aidait à descendre les escaliers. La petite table au fond à gauche du *Gobe-mouches* lui était réservée. Elle y passait ses journées, bien calée entre ses deux accoudoirs en skaï. Combien de fois l'a-t-il ramassée par terre au petit matin avant qu'on lui trouve enfin une place en maison de retraite ?

Au début, avec ma cousine Anna, on a trouvé ça louche. Encore un arnaqueur de petites vieilles ! Je m'en suis vite voulu d'avoir imaginé cela. Comme quoi, cette société nous pervertit, on pense toujours à mal. Josic a juste un cœur gros comme ça, une façon complètement naturelle et instinctive d'aider les gens, sans aucune contrepartie. Rendre visite à notre grand-mère au *Gobe-mouches* était devenu un rituel, on y venait plusieurs fois par semaine. Cette institutrice plutôt timide et réservée se transformait en pilier de bar, souriante et affable. J'aurais aimé que cela dure jusqu'à la fin de sa vie. Quand je revois cette petite table calée au mur du fond, je pense à elle avec une pointe de nostalgie.

J'arrive sur la pointe des pieds et tire Jo en arrière d'un coup sec en l'agrippant par les épaules. Ça le surprend à chaque fois. Le grand blond à l'équilibre précaire se rattrape in extremis au bar en manquant de renverser son verre de bière et lâche un « connard » des plus amicaux. Coyote, qui végète allongé entre ses pieds, risque ainsi chaque vendredi de se faire écraser par son maître et m'aboie dessus, pris de panique. C'est sans rancune qu'il reprend sa position de ramasse-crottes pendant que Jo passe derrière le comptoir pour me servir une pression.

— C'était ton dernier jour de stage en O.R.L., c'est ça ?

— Ouais… J'ai fini par un bloc de cinq heures avec le patron.

Jo raffole de nos histoires de chasse. Il m'arrive de broder, de rajouter un peu d'hémoglobine, histoire de le faire avaler de travers et ouvrir de grands yeux effarés.

— Et toi Jo, quoi de neuf ?

À lui de me raconter l'actualité de la semaine, celle des journaux disposés sur le présentoir de l'entrée qu'il découpe soigneusement aux ciseaux. Je me demande bien à quoi lui servent ces bouts de papier. Il les range méticuleusement dans un classeur en carton selon une méthode dont il garde le secret. Sous cette tignasse filasse qui lui colle aux tempes et ses habits chinés aux puces, se cache un érudit de première. Ce soir, il parvient à me passionner avec les enjeux économiques et politiques de l'huile de palme. Article à l'appui. C'est dire ! Yvonne pimente notre discussion en glissant quelques tirades à la Jean-Pierre Coffe du genre : « C'est dégueulasse » ou encore « Ils vont nous faire crever avec ces saloperies ! ».

— Francis ! Francis ! crie-t-elle du côté de la boucherie attenante. Apporte donc des pistaches-cacahouètes pour que Jo arrête de raconter des conneries.

Sa commande arrive bien à propos, on meurt de faim.

Au *Gobe-mouches*, allez savoir pourquoi, on appelle « pistaches-cacahouètes » les petites assiettes de cochonnaille à l'heure de l'apéritif. C'est un nom de code en quelque sorte. Seuls les habitués connaissent. Les tranches d'andouille de Guémené qui traversent le comptoir sont garanties sans huile de palme par la patronne.

Une main se faufile discrètement entre nous et subtilise la dernière tranche de l'assiette. J'ai juste le temps de lui attraper le bras avant qu'elle l'engouffre dans sa bouche.

— Je veux un baiser avant, lui dis-je sans la lâcher.

— Avant quoi ? Une haleine parfumée à l'andouille ?

Quand ses lèvres finissent par se poser sur les miennes, je ne sais pas ce qui me retient de la renverser sur le comptoir. Peut-être Yvonne en arrière-plan qui nous regarde la bouche ouverte comme si elle suivait sa sitcom du début d'après-midi.

On dirait qu'elle sort de la douche. Je lui soulève une mèche de cheveux, lourde et humide. Une étrange odeur s'en dégage. Une substance huileuse me reste sur les doigts. Elle sourit à mon air dégoûté.

— Ça me fait penser à l'odeur de colle Cléopâtre, celle qu'on utilisait en maternelle.

Jo ne semble pas du même avis et la renifle avec curiosité.

— Moi, je sens plutôt l'anis… C'est du pastis ?

— Normacol, nous annonce-t-elle d'un air résigné.

J'éclate de rire en m'essuyant les doigts sur son tee-shirt. Pour une fois qu'ils se lâchent en neurologie ! Josic nous interroge du regard en quémandant quelques explications.

Un autre récit de guerre en vue.

3

Professeur Tournesol

Marie-Lou

L'hôpital de Bohars est en pleine campagne à quelques kilomètres au nord de Brest. On y accède par une petite route sinueuse entre les champs de blé. Une tout autre ambiance pour ces six prochains mois, je le pressens. Je suis censée être affectée au secteur *Molène* du grand professeur Tournos.

« Tournos ? Il ne manque que deux lettres pour faire Tournesol », m'a fait remarquer Matthieu. C'est tout lui.

— Je vous conseille d'y aller en voiture, c'est au fond du parc, m'indique gentiment la gardienne à l'entrée. Tout au bout de l'allée couverte sur la gauche.

Le terme « allée couverte » est un peu pompeux pour définir ce bloc de béton soutenu par deux rangées de poteaux métalliques rouillés sur lesquels rampent quelques rosiers mal en point. J'avance d'un pas mal assuré en tournant la tête dans tous les sens quand mon regard s'arrête sur cet homme adossé au mur, près de la porte d'entrée du pavillon *Molène*. Plus je m'approche, plus je le trouve intrigant. Sa tête est prise de petites secousses, comme s'il voulait éloigner une mouche. De brusques haussements d'épaules font sursauter ses mains et manquent à chaque fois de faire tomber sa cigarette. Il semble se délecter de chaque aspiration. Je regarde danser les pans de son ample chemise mauve à moitié déboutonnée. Sans nul doute, un de mes futurs patients.

Lorsque j'arrive à sa hauteur, je perçois l'ombre d'un sourire et ses paupières se mettent à cligner derrière ses petites lunettes rondes.

— Bonjour, Marie-Lou, articule-t-il. Je t'attendais.

Je reste à le dévisager, stupéfaite, et tout son corps se remet à bouger. Son visage, son cou, ses épaules. Il finit par fixer ses pieds et s'apaise.

— Euh… Bonjour, monsieur.

— Bienvenue, je suis Hubert Tournos. Ravi de t'accueillir.

J'essaie de masquer le plus possible mon étonnement et lui rends son sourire. Il écrase sa cigarette contre le mur, à l'endroit même où de petits ronds noirs décorent déjà le crépi puis m'invite à le suivre.

Son bureau – tout comme lui – paraît tout droit sorti d'une bande dessinée. Voilà donc le laboratoire du professeur Tournesol ! Quelle explosion de couleurs ! Ses habits, la peinture verte des murs, le mobilier… Quel contraste avec le blanc aseptisé de l'hôpital ! Je prends place sur le fauteuil en plastique jaune et explore avec curiosité ce décor surréaliste. S'il consulte dans cet endroit, ses patients doivent avoir du mal à rester concentrés. Peut-être est-ce juste une méthode pour les détourner de leurs problèmes… Sur le mur de droite, des centaines de Schtroumpfs miniatures me sourient derrière leur vitrine. Tournos suit mon regard et commente avec fierté.

— Une collection qui date des années quatre-vingt… Je les ai tous, même les plus rares. Tu vois celui-là avec sa raquette de tennis ? Il se vend plus de 400 euros sur Internet. Ha ha ha ! Tu es en train de te dire que je suis aussi fou que mes patients…

— Euh, non…

— Si, si… Je le vois. Et ça m'amuse beaucoup, bredouille-t-il d'une voix monocorde presque hypnotique. Tu sais ce que disait notre cher Cornelius[1] ? *Je secoue la tête.* L'homme n'est-il pas cet animal fou dont la folie a inventé la raison ?

Que répondre à ça ? J'ai juste envie de m'excuser. Lui dire que je suis la fille la plus raisonnable qui existe sans aucune trace d'originalité ni d'excentricité et qu'il va s'ennuyer à mourir avec moi.

— Bon, nous reprendrons cette discussion cet après-midi si tu veux. Je vais être en retard à mes consultations. Éric, un des infirmiers, va t'accompagner pour ta visite.

Ma visite ? Il ne va quand même pas me laisser ? Je leur fais quoi aux patients ? Je les déshabille, je vérifie leurs réflexes ?

Il perçoit l'étonnement sur mon visage et éclate de rire.

— Pas de panique… Ha ha ha ! Fais juste connais-

1. Cornelius Castoriadis.

sance avec tes patients ce matin. Ils t'attendent de pied ferme, tu sais. Leur nouvelle interne ! Ha ha ha !

Il peut arrêter de se poiler en me regardant ?

— Discute avec eux et on débriefera tout à l'heure. Tu peux ranger tes instruments, ajoute-t-il en pointant du doigt le stéthoscope qui dépasse de mon sac. La psychiatrie est une science de la parole.

Je me lève, gênée, en repoussant ma panoplie d'interne modèle au fond de mon cartable.

— Je vois que vous allez changer mes habitudes…

S'il savait… J'ai même apporté mon diapason et ma lampe pour examiner les pupilles.

— J'espère bien ! *Une salve de clignements d'yeux appuie ses propos.* Et tutoie-moi, surtout ! C'est mon côté british, le vouvoiement ne fait pas partie de mon langage.

Éric m'attend près du chariot où sont entassés tous les dossiers. Ce grand brun aux tempes grisonnantes m'accueille avec son plus beau sourire.

— Marie-Lou, c'est ça ? Bienvenue ! Hubert m'a donné pour mission de m'occuper de toi, ce matin.

Il me fait penser aux acteurs de cinéma américains du siècle dernier. Des orbites sombres et franches à la Humphrey Bogart. Il me regarde enfiler ma blouse avec curiosité puis m'invite à le suivre. Le tour du service prend la forme d'une visite de courtoisie. Éric se promène de chambre en chambre avec une aisance naturelle et me présente aux patients.

— Voilà Marie-Lou, la nouvelle interne.

Apparemment, ils m'appelleront par mon prénom,

tout comme ils usent du « Éric » par-ci, « Éric » par-là. C'est nouveau, il va falloir que je m'habitue.

Certains semblent curieux et aimeraient en savoir plus. *D'où vient-elle ? Combien de temps va-t-elle rester ? Est-elle mariée ? Elle me rappelle quelqu'un…*

Éric met fin à leur interrogatoire avec une douce autorité et les amène habilement à changer de sujet. D'autres restent dans leur bulle. Pas envie de parler, ni même de lever les yeux. Ceux-là, il les laisse tranquilles.

Je prends le temps de feuilleter leurs dossiers entre chaque porte. Nul doute que la psychiatrie est une science de la parole. Dans les observations, pas d'auscultation cardiaque ni de palpation abdominale. Pas de prise des réflexes ni de cotation de force musculaire. Non. Des belles phrases avec un sujet, un verbe et un complément. Je bute sur certains mots à rallonge imprononçables avec l'envie d'ouvrir un manuel de psychiatrie pour me familiariser avec eux.

Schizophrénie hébéphrénique… catatonique… paranoïde…

Pas de psychiatrie approximative. Chaque syndrome répond à une définition claire, chaque délire doit être finement analysé. On en repère le thème. Mystique, hypocondriaque, érotomaniaque… On s'intéresse au mécanisme. Hallucinations, illusions, intuitions… On cherche à savoir si le patient y adhère complètement, si son discours est cohérent.

Le cas de Marion Latouche m'intéresse tout particulièrement.

— Il y a un mois, elle a été retrouvée nue dans la nef d'une église, m'explique Éric. Dieu venait de lui apparaître sous la forme d'une lumière à travers les vitraux. Une lumière puis une voix. Celle-ci lui aurait ordonné de brûler sur-le-champ tous ses habits et ses billets de banque. Elle a été arrêtée à temps, un cierge à la main. On a frôlé la catastrophe.

Cette trentenaire, assise en tailleur sur son lit, me regarde d'un air méfiant. Ses bras sont striés de traits rouges qui s'entrecroisent comme une toile d'araignée.

— Des coups de cutter, me chuchote Éric. On n'arrive pas à l'en empêcher.

Sa réalité n'est pas la mienne, je le perçois tout de suite. Je ne suis pas interne, Éric n'est pas infirmier et il y a d'autres personnes autour d'elle. Manifestement, nous lui voulons tous du mal. Je lui souris poliment, ce qu'elle n'a pas l'air d'apprécier.

— Foutez le camp ! nous crie-t-elle.

Éric s'avance, et d'une voix apaisante :

— Calmez-vous, Marion… Calmez-vous.

Je la salue et sors de la chambre. Pas la peine de l'énerver encore plus, j'aurai bien le temps de faire sa connaissance.

En me plongeant dans son dossier, j'essaie tant bien que mal de déchiffrer l'écriture en pattes de mouche du précédent interne et les volutes artistiques d'Hubert Tournos. Ses notes sont passionnantes. Il justifie chaque prise médicamenteuse par leur action sur les différents neurotransmetteurs. Schémas à l'appui. J'y retrouve même la dopamine chère au professeur Daguain. Ce neuroleptique aurait une action spécifique sur ses récepteurs D2. Incroyable ! Éric sourit lorsqu'il me voit plisser les yeux devant les cibles et les flèches dessinées sur la feuille.

— Hubert ne prescrit jamais un traitement au hasard.

Je décèle dans ses yeux une pointe d'amusement mais aussi beaucoup d'admiration.

— On parle de moi ?

Quand on parle du loup… On ne l'avait pas entendu arriver. Tournos se fige en me détaillant d'un air dégoûté.

— Une blouse ? Oh, quelle horreur !

Je pique un fard.

— Éric, tu aurais pu la prévenir au lieu de la laisser se déguiser !

— C'est toi, le chef de service psychorigide… Pas moi, renchérit-il avec une insolence complice.

Me déguiser ? Il exagère. S'il croit que je vais me déshabiller dans le couloir séance tenante pour lui dévoiler ma robe au décolleté plongeant ! Il peut toujours rêver.

Je reste à regarder mes pieds.

— Le syndrome de la blouse blanche, Marie-Lou… On t'en a déjà parlé ?

— Euh, oui… Vaguement.

— Si tu étais malheureuse, aurais-tu envie de te confier à quelqu'un dans cet accoutrement avec des instruments plein les poches ?

— Je ne sais pas… Non, peut-être pas.

— Sûr que non ! Comment veux-tu qu'on soit crédibles ? Ce bout de tissu met une barrière entre toi et ton malade. Comme si tu voulais te cacher… Tu veux te cacher, Marie-Lou ?

Je secoue la tête. Ses yeux moqueurs n'arrêtent pas de cligner.

— Je comprends qu'on veuille se protéger d'éventuelles projections, aux urgences ou en gastro-entérologie par exemple, mais en psychiatrie !

— On a quelquefois des surprises, le coupe Éric. Rappelle-toi, la fois où je me suis fait cracher dessus.

Les sourcils froncés de son chef le dissuadent de continuer.

— La blouse n'apporte que du stress : c'est prouvé scientifiquement. Marie-Lou… As-tu déjà essayé de mesurer la pression artérielle d'un patient, sans, puis avec ta blouse ? Tu verras, c'est édifiant.

Édifiant. C'est lui qui est édifiant avec ses théories et ses idées toutes faites ! Qu'est-ce qu'il croit ? Qu'il met les gens à l'aise, avec son look de babos et sa déco vintage ? Moi, il me donne envie de fuir en courant. J'ai l'impression qu'il n'a pas arrêté de se ficher de moi. Ses Schtroumpfs aussi d'ailleurs… Comment peut-il être ami avec le professeur Daguain ? C'est le jour et la nuit. Si j'ai bien compris, il veut que j'oublie tout ce que j'ai appris et que je recommence ? Pas de problème. Il a l'intention de tester mes capacités d'adaptation ? Parfait. Je ne connais pas encore grand-chose aux mystères de la psychiatrie mais je suis maître en la matière quand il s'agit de faire la causette et de tirer les vers du nez. Alors, si c'est ce qu'il attend de moi, je peux le faire. JE PEUX LE FAIRE.

J'ai promis à Josic de lui apporter mon livre de neuroanatomie en sortant. Il vient de lire un article dans

Le Monde sur le rôle de l'hippocampe et tient absolument à en savoir plus sur cette région du lobe temporal. Les lubies de Josic ne m'étonnent plus. Cette journée m'a épuisée nerveusement et je n'ai rien contre un petit débriefing au *Gobe-mouches*. J'espère juste arriver avant que mon ami soit ivre mort.

Une étrange tristesse se lit sur son visage quand je lui raconte mon entrée dans l'enceinte de Bohars, comme si ce lieu résonnait en lui. Des souvenirs douloureux, apparemment. Je change de sujet et réserve pour plus tard la description du professeur Tournesol. Un jour où il sera capable d'en rire. Il fait peine à voir, ce soir. Sous ses yeux bleus injectés de sang, deux poches se sont formées comme deux sacoches trop lourdes à porter. Sa bouche entrouverte n'arrange rien à son air d'oisif paumé. Son verre de « Gobe-mouches » est rempli à ras bord. Yvonne m'expliquera-t-elle un jour pourquoi elle continue à le servir dans cet état ? Du « Gobe-mouches » en plus ! La recette de cet alcool éponyme a été initialement élaborée pour attirer les mouches, les coller et les tuer. Je ne veux même pas savoir ce qu'il y a dedans. J'attrape ce grand échalas titubant par le bras et l'aide à traverser la rue jusqu'à la porte de son immeuble. Pourvu que le foie de Josic soit moins fragile que celui d'une mouche ! Cette pensée me fait sourire – rire jaune – en rentrant à l'appartement.

Quelle journée !

Anna m'accueille les quatre fers en l'air sur le canapé du salon. En allumant la lumière, je dénombre en fait huit fers en l'air – peut-être plus – et je préfère le charme de l'obscurité.

En ce moment, c'est tous les soirs ! J'ai vaguement reconnu les jambes trapues et velues de Gonzo, son co-interne. Mais je ne veux pas le savoir. Sa vie privée palpitante ne regarde qu'elle ! J'attrape quelques affaires dans ma chambre et sors discrètement sur la pointe des pieds. Ma deuxième maison se trouve au port du Moulin-Blanc. Celle qui flotte sur l'eau et me berce presque toutes les nuits. Il me tarde de la retrouver. Tout est allé si vite…

4

Le sex-appeal d'un chimpanzé

Matthieu

Je me réveille doucement, la langue chaude et râpeuse d'Écume frottant la plante de mes pieds. C'est beaucoup trop tôt ! Je ne vais jamais m'y faire à ce stage de neurochirurgie. J'ai programmé le vibreur de mon téléphone à 6 h 15 et l'ai placé dans le panier d'Écume hier soir. Je préfère nettement les léchouilles de mon chien aux secousses du portable. Des levers aux aurores, des gardes toutes les semaines… Bref, six mois de dévouement total pour la bonne cause. Le cerveau n'aura bientôt plus de secret pour moi.

Le grand staff du professeur Mercier commence tous les jours à sept heures. Pour mon premier jour, Hugo, mon co-interne, m'avait prévenu qu'il ne valait mieux pas avoir une panne de réveil.

« Un vrai lynchage », avait-il ajouté. « Devant des rangées de spectateurs en plus ! Les plus gradés au premier rang, les externes tout derrière. »

Ils sont vraiment tous pareils, ces agrégés. Encore un hyperactif insomniaque !

Se lever tôt ne sera certainement pas le défi le plus difficile à relever. Le plus dur sera de passer les six prochains mois dans le même service que Bruno Martigues, l'assistant-chef de clinique. On va cohabiter tous les deux, comme deux coqs dans la même basse-cour. S'il me cherche, il va me trouver. J'espère qu'il me cherchera un peu tout de même. J'ai bien perçu la gêne d'Anna après les choix de stage et je ne me suis pas fait prier pour l'interpeller devant tous les internes.

— Ne me dis pas que tu couches encore avec ce mec !

Je ne suis jamais très psychologue dès qu'il s'agit de ma cousine. Elle me le rend bien d'ailleurs. Ses joues rouge pivoine et le regard noir qui ont suivi m'ont fait comprendre qu'elle était de nouveau tombée dans le panneau. Désespérant.

— Je ne vois vraiment pas ce que tu lui trouves. Il a le sex-appeal d'un chimpanzé et le cerveau d'une poule.

— Lâche-moi, Matthieu.

Pas très loquace, aujourd'hui. J'attendais plus de repartie. Quand j'ai ajouté que tous ses copains avaient le même profil, le nombre d'œillades embarrassées autour de moi m'a donné envie d'éclater de rire. Ou de pleurer.

Hasard ou coïncidence, la première porte que j'ai ouverte durant ma visite a été celle d'une patiente parkinsonnienne en post-opératoire d'une stimulation cérébrale profonde. J'avais fait l'erreur de ne pas lire le dossier avant d'entrer. Les souvenirs – pas si lointains – me sont revenus en pleine face comme un boomerang. Ce visage figé façon poupée de porcelaine, cette bouche entrouverte, ces yeux écarquillés qui m'ont dévisagé. Je ne m'y étais pas préparé.

Cinquante-cinq ans. Elle avait presque l'âge de ma mère. Sa maladie avait commencé la même année. Troublante coïncidence. En levant la tête, j'ai vu qu'elle m'observait comme si elle attendait quelque chose de moi. Elle n'avait pas envie de parler, c'était manifestement à moi de le faire.

— Avez-vous des douleurs ?

C'était nul comme première question, mais je ne savais pas quoi dire. Elle a secoué la tête.

— Je peux regarder vos cicatrices ?

Elle a baissé le col de son chemisier, j'ai reconnu la saillie de la clavicule sur son corps amaigri, le même trait rouge encore boursouflé. Troublante ressemblance.

— C'est bien, lui ai-je bredouillé.

Je suis sorti précipitamment en m'en voulant d'avoir été si expéditif. Était-ce vraiment une bonne idée d'avoir opté pour un stage de neurochirurgie ? Pourquoi n'arrivais-je pas à me contrôler ? J'avais vraiment un problème avec cette saleté de maladie.

Je suis retourné la voir en fin de matinée en oubliant l'espace d'un instant le visage de ma mère.

Marie-Lou s'est pointée hier soir comme une fleur, sans prévenir. Anna prend leur salon pour un baisodrome, alors forcément elle s'est sentie de trop. Lorsqu'elle a passé sa tête à travers le hublot, Écume lui a fait la fête. Il a même renversé l'ordinateur que je venais d'ouvrir sur la table à cartes. Moi qui cherchais un prétexte pour repousser la rédaction de ma thèse à un autre jour ! Le prétexte prenait la forme d'une belle brune S.D.F. en mal de câlins. Quand elle s'est mise à pousser mes habits sur l'étagère pour y plier soigneusement ses petites culottes, je l'ai regardée faire sans broncher. Elle comptait rester combien de nuits ?

Écume ne s'est pas trompé de plantes de pied, il ne l'a pas réveillée.

Elle se retourne en gémissant et s'étale en diagonale dans le lit. Dans son sommeil, elle n'a pas arrêté de me pousser et j'ai fini plaqué contre le mur.

Elle prend vraiment toute la place depuis quelques jours, au sens propre comme au sens figuré.

5

L'homme qui mangeait des fourchettes

Marie-Lou

Le gastro-entérologue de garde semble excédé au bout du fil. Je me suis à peine présentée qu'il m'aboie déjà dessus.

— Ne me dis pas qu'il a encore avalé une fourchette !

— Euh, c'est-à-dire… Si, désolée, il a récidivé…

J'éloigne le téléphone de mon oreille pour le laisser hurler.

— Non, je vous jure, ce n'est pas une blague… Le priver de fourchettes ? C'est déjà fait ! Oui, sur les autres plateaux. On ne peut pas l'attacher, vous comprenez… Ben non, on ne peut pas l'attacher !

Il est con ou quoi ? Comme si on ligotait nos patients 24 heures sur 24 en psychiatrie !

— Oui, son ventre est souple… Non, il ne se plaint de rien.

Bon, il va me le prendre ?

— Euh… Oui, j'ai fait une radio. Oui, on la voit

bien dans son estomac… Merci, j'appelle une ambulance.

Enfin !

— Oui, j'espère aussi que c'est la dernière fois…

— La dernière fois avant la semaine prochaine, tu veux dire ? ajoute Éric, l'infirmier.

Je place mon index sur ma bouche pour lui faire signe de se taire. Déjà que je viens de me faire incendier, s'il en rajoute en plus !

Avant ce fâcheux coup de téléphone, Éric me suivait de chambre en chambre pour notre visite quotidienne. C'est la procédure ici : un médecin n'examine jamais seul un patient. Je me suis rapidement habituée à la compagnie de mon garde du corps en pyjama blanc. Ses vingt ans d'expérience en psychiatrie lui donnent cette sagesse imperturbable. Celle qui recadre le décalé, qui rend normal le spectaculaire. Rien ne l'étonne. Pas même les trente piercings sur la verge de Gilles Lavergne. Ni le pouvoir maléfique du lapin en peluche de Marion Latouche, ni même la permanente peroxydée de Georges Latour qui se prend pour Michel Polnareff. Non, tout lui passe au-dessus. Je ne me lasse pas de sa voix suave et veloutée. Celle qui rassure Mathilde Valls quand elle réalise qu'elle vient de rater les inscriptions à l'émission *The Voice.*

— Ne vous inquiétez pas. Vous tenterez de nouveau votre chance l'année prochaine. Qui sait ? Le heavy metal aura peut-être sa place dans la programmation… Allez, ne pleurez pas.

Celle qui calme les pulsions de Grégoire Philbert. L'homme qui subtilise les fourchettes sur les plateaux et les gobe comme des Flanby.

À Bohars, il y a des patients qui ne viennent qu'une fois : une dépression sévère, un accès anxieux. Une parenthèse éprouvante dans leur vie qu'ils préfére ront cacher et oublier. Il y en a d'autres qui prennent leur carte d'abonnement, nul doute qu'ils reviendront quelques semaines plus tard, en oubliant de prendre leur traitement et en recommençant à délirer.

Grégoire Philbert, lui, fait partie de ceux qui entrent et ne sortiront jamais. Pas de place pour lui dans cette société. Pas de chance au début, des mauvaises rencontres, des consommations diverses et variées, puis la maladie qui se déclare. Si soudaine et si violente. Pas de proches pour l'accompagner dehors. Alors sa place reste dedans. Là où sa vérité peut être différente sans qu'on le mette de côté, sans qu'on se moque de lui. Là où le monde est aseptisé et assisté. Pour qui, pourquoi ce jeune schizophrène s'est mis à avaler des fourchettes ? Le mystère reste insoluble. Allez expliquer ça au gastro-entérologue de garde ! Celui-là même que j'ai appelé la semaine dernière pour le même motif.

À l'heure de la C.V.[1], je rejoins Hubert et Éric à l'office pour l'habituelle « tea party ». Le moment où se mêlent travail et détente. On évoque les problèmes, on essaie de trouver des solutions, puis on dérive, on passe du coq à l'âne. Éric nous parle de surf, de la plage du Minou, spot incontournable, paraît-il. Tournos, lui, nous révèle qu'il a peur de l'eau et ne sait pas

1. Contre-visite.

nager. L'occasion pour l'infirmier de se moquer gentiment de lui. Vingt ans de connivence. Des heures de travail. Et combien passées devant une tasse de thé et des galettes au beurre ? L'espace-temps est tellement différent du C.H.U. Ici, les patients déambulent dans le parc, cuisinent et jouent au foot. Ici, on prend le temps de réfléchir et d'écouter. À mille lieues des méthodes expéditives de Lucas Godard en neurologie. Quand j'y pense, il ne me manque pas, celui-là.

Avec l'aide d'Éric, j'ai appris petit à petit à apprivoiser Tournos et je me sens de plus en plus à l'aise avec lui. J'aime sa bienveillance et son écoute attentive. Son respect des patients, ses analyses justes et fidèles de leur pathologie. Est-il moins exubérant qu'il n'y paraît ? Ai-je décrypté ses codes ? Peut-être les deux. Le premier jour, je l'ai vouvoyé, ce qui l'a fait pester. Le deuxième, j'ai évité le « tu ». Le troisième, j'ai pris le pli anglo-saxon et le quatrième, je l'ai appelé Hubert le plus simplement du monde.

— Marie-Lou s'est bien fait rembarrer tout à l'heure, déclare Éric en me voyant arriver. Tu aurais vu ça, Hubert.

Tournos hausse les épaules et m'interroge du regard.

— Je ne sais plus quoi répondre au gastro-entérologue, finis-je par marmonner. Grégoire Philbert ne peut pas avoir des fibroscopies toutes les semaines, ce n'est pas possible. Je ne sais plus quoi faire. Supprimer toutes les fourchettes du service ? Je suis sûre qu'il trouverait autre chose. Je n'arrive pas à comprendre pourquoi… Pourquoi se fait-il du mal ? Pourquoi de cette manière-là ?

Le visage d'Hubert s'anime de rictus incessants.

— Grégoire est très anxieux depuis quelques semaines. Le décès de son père l'a complètement déstabilisé. C'est sa façon de calmer ses angoisses.

— En avalant des couverts ?

— Oui… C'est une automutilation comme une autre. Il cherche à se faire du mal. Ses idées délirantes lui paraissent insurmontables, il ne reconnaît plus le monde dans lequel il vit. Ça s'impose à lui brusquement et il passe à l'acte.

— Et on fait quoi ? À court terme ?

— Ha ha ha ! Marie-Lou et ses réflexes d'urgentiste !

Je ne vois vraiment pas ce qui le fait éclater de rire. Je ne vais quand même pas le laisser s'exploser le ventre toutes les semaines ?

— On le rassure, on le recadre, continue-t-il. Bref, on poursuit notre travail de longue haleine.

J'aspire doucement ma gorgée de thé chaud en écoutant mon maître-penseur et tourne en boucle sa dernière phrase dans ma tête : « un travail de longue haleine… »

— *Chi va piano va sano*, comme dirait mon grand-père.

Hubert me sourit comme si j'avais tout compris.

— Rien ne sert de courir, il faut partir à point, aurait dit le mien, ajoute-t-il.

Il n'a sans doute pas tort. Le propre des maladies chroniques n'est-il pas notre impuissance à les guérir totalement ? Il faut l'accepter et considérer chaque progrès comme une petite victoire. Ma victoire à moi serait que Grégoire Philbert arrête d'ingérer ses fichues fourchettes !

En sortant du service, je réalise que ce mois de mai est passé à toute vitesse. Mon monde oscille entre Bohars et le port du Moulin-Blanc. Entre Bohars et Matthieu.

Il m'a fallu quelques semaines pour que ça devienne une évidence. L'envie de tout partager, la règle du « jamais rien sans lui ». Le marin solitaire et son chien m'ont fait une place dans leur bateau et j'essaie de me faire la plus petite possible. Pas question de jouer à la femme d'intérieur et de toucher au désordre de l'ex-célibataire. Tout reste à sa place : les tablettes de chocolat périmées dans les placards, les os mordillés d'Écume sur la banquette. Seule la petite étagère au-dessus du lit m'est réservée et j'y entasse quelques habits. Le strict minimum.

Ce soir, Matthieu m'emmène en croisière. Une semaine de vacances. Nos premières vacances ! Je vais enfin sortir de la rade de Brest.

— Tu n'auras jamais été aussi proche de l'Amérique ! m'a-t-il chambrée.

— Pas faux.

J'ai hâte.

Un sentiment d'excitation mêlé d'angoisse. Comment vais-je réagir en pleine mer ? Je n'ai pas osé le lui dire mais ça m'allait bien de rester amarrés au ponton. Juste ce qu'il faut comme tangage, le clapotis de l'eau sur la coque… Ce grand gamin prend un malin plaisir à me cacher notre destination et veut absolument me faire la surprise. S'il savait ce que mon imagination me fait endurer depuis quelques jours ! Les rêves de transatlantique, de démâtage, de vagues de cinq mètres. Je me réveille en travers du lit, les draps en boule au-dessus de ma tête et je rigole toute seule. Me prend alors l'envie de ne plus réfléchir, de me laisser porter.

Laisser couler le sable entre mes doigts. Faire confiance et larguer les amarres.

6

Le bruit des drisses contre les haubans

Matthieu

— La croisière dure un mois ? s'inquiète Marie-Lou.

Je regarde la caisse remplie à ras bord que je porte à bout de bras.

— Je prévois toujours des vivres supplémentaires quand je pars en bateau. Au cas où…

— Au cas où quoi ?

— Je ne sais pas… Si on se perd en mer… Si on s'échoue sur une île déserte…

Vu la tête qu'elle tire, j'aurais mieux fait de me taire.

La sonnerie de mon portable retentit dans ma poche. Pas n'importe laquelle. Le *dring* strident des anciens téléphones. Celui choisi tout spécialement pour différencier les appels de ma mère. Elle a toujours le don de m'appeler au mauvais moment. Si je ne décroche pas du premier coup, je peux être sûr qu'elle va réessayer et m'avoir à l'usure. J'arrive à coincer le combiné entre l'épaule et l'oreille et je reprends ma cargaison. Écume vient d'apercevoir le bateau au bout du ponton et pique un sprint en manquant de me renverser.

— Je ne sais pas… Oui, si tu veux… Je peux lui demander.

Je me retourne vers Marie-Lou tout en continuant à marcher à reculons.

— S.O.S. neurologue ! C'est normal que Brigitte se remette à trembler depuis quelques jours ?

— Passe-la-moi avant de tomber du ponton, me nargue-t-elle tout en m'arrachant le téléphone.

— T'es sûre ? dis-je en sourdine. Entre nous, elle a l'air de se porter à merveille.

— Brigitte ? Oui, c'est Marie-Lou… *Elle me fait signe de me retourner.* Vous tremblez beaucoup alors ? Non ? C'est arrivé d'un coup ?

Je fais semblant de dévier vers la gauche et de tomber du ponton, elle pouffe de rire et me fusille du regard.

— Une heure par jour ? Uniquement de la main droite ? Rassurez-vous, c'est normal… L'œdème autour de l'électrode est en train de diminuer, il faut souvent augmenter les voltages de la stimulation au bout de quelques mois. Quand allez-vous à l'hôpital ? Dans dix jours ? C'est parfait !

Je lui fais signe d'abréger et l'aide à monter sur le bateau en la tirant par le bras.

— Oui, si vous voulez… Je pourrai vérifier ça, la prochaine fois.

Je lui fais non de la tête, elle me sourit en réponse.

— D'accord, je vous appelle quand on revient.

Non ! Hors de question qu'elle devienne la neurologue privée de ma mère ! Je secoue la tête de plus en plus fort. Elle me fait signe qu'elle n'y peut rien. *Si ! C'est maintenant qu'il faut dire non, après il sera trop tard…*

— Mon numéro ?

Je m'approche pour attraper le téléphone, elle m'esquive et se met à courir sur le pont.

— C'est le 06…

J'attrape ce putain de portable trop tard.

— Bon, on doit te laisser. *À moi de fusiller Marie-Lou du regard.* Tu comprends, on va finir par rater le bateau ! Non, je blague… On part en voilier. Si tu as un souci, Anna reste à Brest… Sinon, je suis joignable, d'accord ? Allez, arrête de t'inquiéter ! À bientôt.

— Pourquoi tu ne voulais pas que je lui donne mon numéro ?

Je n'aime pas sa question. Elle pourrait le deviner sans avoir besoin d'explications. C'est quand même évident.

— Tu ne coupes pas assez, Marie-Lou… Il n'y a que la médecine qui compte ! La neurologie par-ci, la neurologie par-là… On part en vacances !

— Mais Matthieu… Ce n'est pas de la médecine, c'est ta mère !

— Ma mère ou ta patiente ?

Elle me regarde pleine d'incompréhension. Je ne voulais pas lui répondre sur ce ton, c'est sorti tout seul.

— On parlera de ça une autre fois, tu veux ?

Marie-Lou cogite depuis tout à l'heure, bercée par

le bruit des drisses qui claquent contre les haubans. Elle n'a pas bougé d'un centimètre et semble avoir perdu sa langue. Lui a-t-on déjà dit qu'elle ressemblait à la Joconde ? Une Joconde aux yeux verts. Cette croisière-surprise la rend nerveuse, je l'ai senti au moment même où elle a posé le pied sur le pont du bateau. Est-ce la croisière ou la surprise ? Un peu les deux, sans doute. Elle est drôle, assise près de la barre, les genoux repliés sur la poitrine. J'ai l'impression qu'elle inspecte tous mes faits et gestes comme si elle redoutait que le bateau ne se renverse. Respire, Marie-Lou, on n'a pas encore quitté le port de Brest, et le voilier est toujours amarré au ponton. Écume est allongé à côté d'elle, le museau posé sur ses pattes. Il la regarde d'un air perplexe, les oreilles dressées. Aucun doute, semble-t-il se dire, c'est bien la première fois que j'emmène une fille en croisière. Même Anna n'y a pas eu droit. Rester dans cet espace confiné en compagnie de ma cousine me donnerait des envies de meurtre.

— Une fois sortis du port, tu pourras barrer si tu veux.

— Hum… Ça risque d'être difficile, vu que je ne sais pas encore où on va…

— Pas besoin de le savoir. On va d'abord mettre le bateau face au vent, plein nord, pour hisser les voiles. Puis tu feras cap à l'ouest vers la sortie de la rade…

— Et après ?

— Après, on verra.

Son regard brille d'impatience, j'y vois le reflet de la citadelle Vauban et des immeubles de Brest qui défilent sous ses yeux. Bientôt, les grues du port de commerce ne formeront plus que des petites taches jaunes et bleues au-dessus de l'eau. Est-ce vraiment le moment de lui annoncer que la mer sera plus agitée une fois passés les rochers de Camaret ? Elle s'en rendra bien compte elle-même.

— La météo est avec nous, dis-je d'un ton rassurant. C'est pour ça que j'ai voulu partir ce soir.

— Pourquoi ? Elle est comment, demain ?

— Le vent forcit un peu… Quelques rafales à 7-8.

— Ça ne me dit rien, 7-8, bredouille-t-elle. On naviguera aussi demain ?

— Tout dépend du vent, de toi… Bref, de la distance qu'on parcourra cette nuit. En fait, tu es un nouveau paramètre que je ne maîtrise pas.

— Je suis un paramètre ? Tu veux dire que je te complique la tâche ?

— Oui, un peu, mais je trouve ça plutôt marrant.

Elle boude et je fais comme si je ne l'avais pas remarqué.

— Si le vent reste plein nord, on sera vent arrière jusqu'au Raz de Sein, je pourrai même lancer le spi.

— Ah, c'est bien… Je ne sais pas ce que c'est, mais à t'entendre, ça doit être génial.

Elle boude vraiment.

— Tu vas voir… Laisse-moi t'impressionner.

— C'est déjà fait, murmure-t-elle en s'agrippant aux filières derrière elle.

7

Le rocher de l'anse Saint-Nicolas

Marie-Lou

Ce n'est pas du tout ce que j'avais imaginé. Mon beau marin à la barre, les cheveux au vent, le soleil couchant illuminant son visage. Moi, me pavanant à ses côtés, maniant le winch comme une reine à chaque virement de bord. Matthieu me souriant, fier de sa coéquipière. Non. Le tableau n'est pas du tout aussi idyllique ! Je me cramponne tant bien que mal, le vent me fouette le visage et les embruns me brûlent les yeux. Les vagues arrivent face à nous et je suis sur le point de vomir à chaque mouvement du bateau. Pourquoi ai-je l'intime conviction que je vais y rester ? À chaque vague, cette impression se précise… Au secours ! *Mayday, mayday.*

— Marie-Lou ? Ça ne va pas ?

Je n'ai pas envie de le décevoir et préfère ne pas lui répondre.

— Tu es verdâtre ! me crie-t-il pour se faire entendre. Tu frissonnes… Comment fais-tu pour avoir froid ?

Je commence à avoir les yeux qui se ferment tout seuls et manque de tomber à la renverse à chaque vague. Cela devient dangereux de rester dehors et Matthieu m'accroche au cordage derrière moi.

— Ça s'appelle la ligne de vie, m'explique-t-il en se voulant rassurant.

Ce qui m'angoisse davantage.

— Marie-Lou ? Marie-Lou ?

Sa voix devient de plus en plus lointaine. Le malaise monte et je déglutis ma salive pour retarder le moment fatidique.

— Descends dans le carré. Marie-Lou ? Tu vas tomber… Marie-Lou ! *Il hurle et je finis par ouvrir les yeux.* Descends dans le carré, je te détache et tu…

— Je ne peux pas… Si je bouge…

La dernière vague vient de me soulever l'estomac et j'ai juste le temps de me retourner pour vomir par-dessus le bastingage.

— Il faut que tu descendes toute seule, je ne peux pas lâcher la barre… Allez ! Allonge-toi sur la banquette et prends un seau.

— Un seau ?

— Oui, un SEAU… N'utilise surtout pas les toilettes, j'ai fermé les vannes.

Il ne manquait plus que ça…

Je passe les deux heures suivantes à remplir le seau jusqu'à ce que la bile me brûle tout l'œsophage. L'expression « toucher le fond » prend ici tout son sens. La coque du bateau craque de toutes parts, ma tête vient cogner le rebord de la table à chaque vague.

Je vais mourir dans la baie des Trépassés. Elle porte bien son nom, celle-là. Il ne peut en être autrement.

En ouvrant les yeux, je m'étonne du calme qui règne autour de moi. Je suis allongée sur la banquette du carré central sous une tonne de couvertures. Comme si je n'avais pas assez chaud avec mes deux pulls, mon ciré jaune et ma salopette ! Bercée doucement par les vagues, j'entends leur clapotis sur la coque. Je suis toujours vivante et tellement soulagée. Matthieu passe la tête à travers la trappe au-dessus de moi.

— Tu te sens mieux ? *J'opine du chef en souriant, un peu honteuse.* Tu as repris des couleurs en tout cas. Tu as les joues toutes roses.

Son sourire attendri me rassure, il n'a pas l'air de m'en vouloir. Mon vaillant capitaine saute à l'intérieur du bateau et s'agenouille à côté de moi.

— Heureusement que tu as fini par t'endormir, sinon on aurait dû faire escale à Douarnenez.

— On est où, au juste ?

— À l'île de Groix. J'ai navigué une bonne partie de la nuit. Vu la météo des prochains jours, il valait mieux éviter que tu ne repeignes mon bateau encore une fois.

— Arrête ! Ça n'a rien de drôle. Je suis tellement désolée.

— J'ai déconné, je n'aurais pas dû t'emmener dans le Raz de Sein pour ta première croisière… J'espère ne pas t'avoir dégoûtée à vie !

— En fait, je crois que je ne suis pas née avec le pied marin…

— Ne dis pas ça ! Ça s'acquiert progressivement, il faut prendre le temps de s'amariner…

Il m'enlève une à une les couvertures qu'il a pris soin de superposer, retire mes bottes et m'aide à enlever mon ciré.

— Viens… Je veux te montrer quelque chose. Je te porte si tu veux.

Ce colosse au pied marin me tire par la main et me hisse sur son dos. Je l'encercle de mes jambes et repose ma tête sur ses épaules. Lorsqu'il grimpe à l'échelle et me sort de mon caveau, je vois apparaître devant moi un petit paradis.

— Whaou ! C'est magnifique !

— Je te présente l'anse Saint-Nicolas, me murmure-t-il. *Sa voix s'enroue.* J'avais envie d'être là avec toi.

On est seuls au monde. Pas un bateau à l'horizon. Juste quelques barques amarrées aux rochers qui se dandinent près de la plage. Quand il se retourne, je peux voir dans ses yeux le soleil du matin qui affleure la mer et révèle ses reflets d'argent. Des mouettes tournoient au-dessus de nos têtes et raillent notre étreinte. Elles sont tellement bruyantes que cela nous fait sourire. Un énorme rocher trône au milieu de l'eau comme un pain de sucre. Sa roche est presque rouge et certains endroits sont recouverts d'une mousse verte et brillante.

Je l'embrasse longuement et goûte le sel sur ses lèvres humides.

— Ça valait le coup, hein ?

— Je te remplis tous les seaux du monde si tu m'emmènes dans des endroits pareils…

— Menteuse ! Viens, on va se baigner.

L'eau limpide qui entoure le bateau invite à la baignade. Le fond sableux lui donne une couleur turquoise. Quand j'enlève un à un mes pulls et ma salopette, je lis l'étonnement sur son visage. J'ai été plus facile à convaincre qu'il ne le pensait. Elle est sûrement très froide mais je m'en fiche. Je n'en reviens toujours pas de m'être réveillée vivante et cela me donne envie de croquer la vie à pleines dents. Profiter de chaque instant. Sous ses yeux écarquillés, je me déshabille intégralement et saute toute nue dans l'eau glacée. Un gloussement aigu s'échappe de ma gorge et je l'incite à me rejoindre. On nage jusqu'au grand rocher, l'eau froide me serre les cuisses et la poitrine. Je rattrape le nageur émérite jusqu'à une petite plate-forme exposée au soleil. Il est allongé sur le dos et m'ouvre grand ses bras.

Je me colle à lui et lui glisse à l'oreille :

— Fais-moi l'amour pour me réchauffer.

— On pourrait nous voir ! s'offusque-t-il.

J'y décèle l'ombre d'un sourire.

— Il n'y a personne.

Je lève la tête et inspecte la falaise.

— Regarde…

— Qui te dit qu'il n'y a pas une petite tête cachée derrière un rocher ?

— Allez… S'il te plaît…

— J'adore quand tu me supplies…

À peine a-t-il fait glisser sa langue dans ma bouche et resserré son étreinte que des goélands – qui nichaient un peu plus haut – s'envolent brusquement. Matthieu sursaute et me recouvre à la hâte de tout ce qui lui passe sous la main. Avant de comprendre ce qui m'arrive, je me retrouve sous un tas d'algues. Des goémons visqueux qui me glissent sur la poitrine.

J'éclate de rire.

— Qu'est-ce que tu fais ? Tu es fou ! C'est dégoûtant !

— Désolé, j'ai cru qu'il y avait quelqu'un…

Il se faufile tout contre moi.

— Après tout, ça nous tiendra chaud…

Sous son poids, plaquée contre la roche, je n'ai pourtant pas besoin de couverture supplémentaire !

Quand je plonge mes yeux dans les siens, tout est clair. Clair et intense. Les rayons de soleil qui entourent ses pupilles strient le ciel gris d'après la pluie. Ils me donnent envie de relever le défi et de m'abandonner sous les filaments caoutchouteux du rocher de l'anse Saint-Nicolas.

8

Le portrait craché

Marie-Lou

— Qu'est-ce qui te fait sourire comme ça, jeune fille ?

— Rien... Je repense aux goémons...

Matthieu amène ma main à sa bouche et m'embrasse les phalanges une à une. En remontant le sentier des douaniers, j'aperçois quelques maisons blanches aux volets bleus se dessiner en haut de la falaise.

— C'est le village de Kerlard, le berceau des Madec, me glisse-t-il en suivant mon regard.

Pour la première fois, il daigne me parler de son père, le grand absent. Les phrases sont courtes et évasives. Yann a rompu la tradition familiale, celle d'être pêcheur de père en fils. Il est parti faire médecine à Brest – la capitale –, suivi quelques années plus tard par son frère Martin, le père d'Anna. Charles – alias oncle Charlie – est le petit dernier de la fratrie. Lui n'a pas eu d'autre choix que de rester sur l'île. Le poisson, il ne le pêche pas, il le met en boîte. Autre fierté familiale, la conserverie *Madec* est cent pour cent groisillonne. Je l'écoute en silence de peur de l'interrompre, je veux en savoir plus. Plus sur Yann, plus sur lui. Mais je vais devoir attendre encore un peu.

Un peu plus loin, Écume s'arrête devant une petite bâtisse en pierres sèches au toit d'ardoise. On dirait une maison de poupée avec sa porte minuscule et ses rideaux en dentelle aux fenêtres. Le portail grince à notre passage et courbe les herbes hautes qui recouvrent l'allée. Matthieu ramasse une clé sous un caillou, à droite de la porte.

— Bienvenue dans mon humble demeure ! J'espère que tu n'as rien contre les toiles d'araignées...

Je ne suis jamais au bout de mes surprises avec lui.

— Cette maison t'appartient ?

— C'est celle de mon père, comme le bateau d'ailleurs... Mais vu qu'il s'est barré, je l'entretiens et je paye les factures.

Le désordre qui règne dans ces trente mètres carrés, la tonne de poussière sur les meubles, l'odeur de moisi, donnent à penser qu'il a une étrange façon de l'entretenir. Par le trou béant qui éventre le plafond, se dresse une belle charpente en bois brut. Matthieu lève les yeux.

— Un coup de massue... J'ai voulu voir ce qu'il y avait au-dessus. À terme, j'aimerais faire une mezzanine.

— Tu n'as pas peur que ça nous tombe sur la tête ?

— Si... Charlie doit justement venir m'aider. On va carrément tout enlever.

Je caresse du bout des doigts le dessus poussiéreux du buffet, j'y trace une ligne sinueuse qui chemine sur la droite jusqu'à un petit cadre. Cette photo jaunie attire tout de suite mon attention. Je ne peux m'en détacher. Cet homme d'une trentaine d'années a la même stature que Matthieu, aussi imposante et captivante. Cette façon nonchalante de mettre sa main dans la poche, ce sourire en demi-teinte, cette fossette, ce regard ombrageux.

— C'est fou ! laissé-je échapper.

Un petit garçon se tient à ses côtés. Le même en version miniature, brandissant fièrement son épuisette, comme une arme à la main. Le visage de Matthieu se rembrunit et il m'attrape la main pour continuer la visite.

Je passe la journée à lire, allongée sur mon transat, avec en arrière-fond le bruit incessant des coups de massue. J'ai la sensation que le sol tangue encore par moments.

— C'est le mal de terre, me rassure mon gentil capitaine. Ton système vestibulaire est complètement détraqué !

Il ne manquait plus que ça !

Les moustaches d'oncle Charlie sont aussi larges que son sourire, il m'accueille à bras ouverts et ne cache pas sa surprise de voir son neveu en galante compagnie.

— Vous viendrez dîner à la maison avant de partir ! Tes cousins seront contents de te voir.

Le programme de ces quelques jours risque d'être chargé : famille, bricolage, découverte de l'île… Finalement, je suis bien contente de rester sur la terre ferme.

— Grand-mère, je te présente Marie-Lou.

L'octogénaire, bien calée dans son fauteuil Confort à commande électrique, me scrute sans un mot. Aucune émotion ne transparaît.

— Bonjour, madame.

Je m'incline pour lui serrer la main. Son regard est vide, un mur invisible nous sépare. Matthieu lui prend doucement la main. Quand elle lève les yeux vers lui, un bref éclair l'anime soudain.

— Yann… C'est bien toi, n'est-ce pas ?

Il hoche la tête en souriant.

— Elle me fait le coup à chaque fois, dit-il en se retournant. Je ne la contredis plus, ça lui fait tellement plaisir.

Le mur se referme doucement sur les yeux impassibles de la vieille dame.

— Marie-Lou partage l'appartement avec Anna, elle dort même dans ta chambre. Tu te rappelles ? *Elle ne bronche pas.* Tu as le bonjour de Jo et d'Yvonne aussi… Ta table est toujours là, tu sais.

On reste une bonne heure à discuter tous les deux en s'empiffrant de petits gâteaux. Matthieu continue à me conter l'histoire de sa famille, comme un puzzle auquel on ajoute des pièces. Le déménagement à Brest de ses grands-parents, il y a dix ans, à l'annonce du cancer de son grand-père. Difficile de suivre une chimiothérapie quand on est groisillon. La maladie d'Alzheimer de sa grand-mère et son état qui s'est détérioré, l'année dernière, à son retour sur l'île. Madeleine, mutique et imperturbable, grignote elle aussi et nous regarde en oscillant la tête de gauche à droite, comme si elle suivait un match de tennis.

— Manger. J'ai l'impression que c'est le seul plaisir qui lui reste, s'attriste Matthieu en sortant.

— Tu oublies son cher Yann. Tu as vu comment elle t'a dévisagé ?

Dans le long soupir qui suit, je devine le fantôme de son père. Il le hante depuis qu'on a posé nos pieds sur la terre ferme. Je le sens. Sur les photos jaunies, dans le regard de Madeleine, dans la mémoire collective de cette île. Il est omniprésent.

Un peu plus tôt, la boulangère l'avait interpellé sur le pas de sa porte :

— Matthieu ? Ça fait longtemps ! Regarde-moi... Le portrait craché de ton père.

Yann Madec. Pourquoi est-il parti il y a trois ans sans explications ? Je sais qu'on n'est pas très expansif dans la famille, mais de là à ne pas donner de nouvelles pendant tout ce temps, il y a un monde... Que lui est-il arrivé ? Toutes ces questions restent sans réponses et taraudent son portrait craché.

— À votre dernière soirée sur l'île ! trinque Charlie en levant son verre.

Toute la tablée reproduit son geste à l'unisson. La tante, les quatre cousins, et Madeleine dans sa bulle imaginaire.

Matthieu est placé face à moi et allonge son pied de temps en temps. Quand il croise par mégarde celui de son cousin, ce dernier ne manque pas de lui donner une petite talonnade dans le tibia, suivie d'un éclat de rire rauque. Moi, je le dévore des yeux dès qu'il frôle ma jambe et voudrais être transportée sur le rocher de l'anse Saint-Nicolas. Je sais qu'il y pense aussi. Vivement qu'on y retourne ce soir, et pourquoi pas, qu'on y fasse une halte avec notre petite barque, avant de rejoindre le voilier ! Charlie, le patriarche, est assis à gauche de Matthieu et ne le laisse pas en placer une. Il prend plaisir à se lever au milieu du repas en interpellant tout le monde.

— Mes enfants, merci d'être tous là autour de cette table. Au moins, vous n'allez pas râler parce que j'ai pêché trop d'araignées !

Quatre par personne, ça risque tout de même de faire beaucoup !

— Cher Matthieu, reviens-nous plus souvent… Et s'il te plaît, ramène Marie-Lou.

Je pique un fard au passage et peine à décortiquer ma carapace.

— Tout se mange, me souffle mon voisin. Le marron, l'orange, le blanc…

Même le marron ? Au moment où je me tourne vers lui pour le remercier, la pince que je m'apprêtais à casser me glisse des mains et lui gicle à la figure. Nouveau rire rauque et discrète œillade de Matthieu.

Je n'entends que le début de la phrase de Charlie quand je vois le visage en face de moi se décomposer.

— Tu as eu des nouvelles de ton père ? Je te demande ça parce que…

La voix de son oncle devient murmure. Un monologue dont chaque mot semble peser une tonne. Les mains crispées de Matthieu sur la nappe, la lueur d'inquiétude dans son regard. Charlie vient de toucher la corde sensible. Qu'est-il en train de lui révéler ?

En regagnant le voilier, je n'ai pas droit au détour sur le rocher. Pas droit aux goémons. Matthieu ne prononce pas un mot. Tout son corps se ferme et se fane. Une fois allongée à côté de lui, je l'enveloppe de mes bras. Je sais que je ne dois pas lui poser de questions. Cela ne ferait qu'aggraver les choses. Les Madec n'aiment pas les interrogatoires lorsqu'ils vont mal.

— J'ai l'impression que le temps s'est arrêté ici, dis-je. On est complètement déconnectés.

Il reste immobile, les yeux grands ouverts à regarder le mur.

— Le charme des ambiances insulaires, me souffle-t-il, évasif.

— Charlie et sa femme sont adorables. Merci pour cette charmante escale.

— C'est ma deuxième maison ici.

— Ça se voit... Ils t'adorent.

Demain sera un autre jour, mon amour.

9

La décharge d'adrénaline

Matthieu

Je connais ce visage endormi sur le brancard de la salle de déchoquage sans pouvoir me souvenir dans quel contexte nous nous sommes croisés.

— Thomas Bruchec… Cinquante-trois ans, m'annonce Mélissa, l'interne de garde aux urgences.

Ce nom m'est pourtant totalement inconnu. Je viens d'examiner son scanner cérébral : la lentille biconvexe hyperdense longeant la boîte crânienne confirme l'hématome extradural. Il ne faut pas traîner. Sa vigilance est en train de fléchir, sa pupille droite s'est dilatée et son bras gauche semble moins réagir à la stimulation.

— Il faut le monter au bloc, on doit l'opérer en urgence.

Mélissa dégaine son portable.

— O.K… J'appelle les brancardiers.

— Non, pas le temps… Aide-moi à le pousser plutôt.

— Ah… D'accord, gémit-elle.

Ce n'est pas de ma faute, ma belle, si tu as choisi d'inaugurer tes sandales à talons flambant neuves pour ta garde de ce soir.

Pas facile de faire avancer le brancard d'une main et d'appeler son chef préféré de l'autre. Supporter Martigues toute une nuit est au-dessus de mes forces, j'aurais dû échanger cette garde avec Hugo. Pour l'instant, il m'évite, c'est plutôt une bonne nouvelle.

— Je remonte avec un patient. Cinquante-trois ans, hématome extradural temporal droit, déviation de la ligne médiane sur le scan… Il est en train de s'enfoncer.

— Le contexte ?

— Cycliste non casqué, renversé par une voiture.

— Ah… Tu peux le faire monter au bloc, le 2 est disponible. Virginie va t'assister. Je te rejoins quand j'ai fini, j'en ai encore pour une bonne heure… *Tant que ça ?* Tu sais comment faire, non ?

Bien sûr, connard, j'ai cinq gardes à mon actif et je suis interne d'O.R.L., pas neurochir' !

— Hum, non, pas vraiment… J'ai déjà assisté Mercier une ou deux fois. Je tenais les écarteurs.

— Eh bien, tu montes en grade, ce soir… On n'a pas le choix, il faut y aller.

Je monte en grade ? Quel con ! Comme s'il était question de pouvoir ! La vie d'un homme est en jeu et il n'a pas l'air de s'en rendre compte.

— Allez, Mélissa, avance ! Jette tes sandales et finis pieds nus.

Je me retrouve à vérifier trois fois le côté de l'hématome avant de préparer le champ opératoire. Ne surtout pas me tromper de côté.

— C'est à droite, Matthieu, me rassure Virginie. Tu me le répètes depuis tout à l'heure.

— Oui... À droite, c'est vrai... Tourne-lui la tête de ce côté, je vais le raser au-dessus de l'oreille... Voilà... Passe-moi le feutre que je fasse le trait d'incision... Merci... *Mes doigts tremblent, je n'ai pas le droit de trembler.* Bon, Virginie, t'es prête ? Je compte sur toi pour m'aider... On va y aller étape par étape... *Lentement, mais sûrement.* On va se parler, d'accord ? Je compte sur ton expérience.

— Oui, chef... Je t'écoute.

Ses grands yeux bruns se plissent et m'accordent leur confiance.

— Scalpel... Incision... Passe-moi les compresses, que je décolle le lambeau cutané...

Pris dans l'action, peu à peu mes doigts reprennent le contrôle.

— Parfait... Maintenant passe-moi la pointe électrocoagulante... Incision du muscle temporal... O.K. L'os est maintenant à nu.

— Tiens... Les écarteurs pour maintenir les berges, me dit-elle calmement.

— Merci... On va pouvoir commencer la perforation avec le trépan...

La perceuse vibre au creux de ma main et tout mon corps vibre avec elle.

— C'est parfait, me confirme Virginie.

On voit déjà le sang qui s'évacue par les trous. Je souffle.

— Passe-moi le craniotome pour découper le volet osseux... Tiens, tu peux le mettre dans la cupule... Maintenant, on aspire... Passe-moi les compresses hémostatiques, que je les pose sur la dure-mère... O.K., c'est fini, on referme...

Les yeux de Virginie me sourient. Je souffle de nouveau, le masque bombe légèrement.

Au moment de ranger les instruments, un sentiment d'extrême soulagement s'empare de moi que je ne maîtrise pas vraiment. La tension, montée crescendo, retombe d'un seul coup et je m'affaisse sur le tabouret. Les larmes roulent sous les lunettes de protection et viennent se réfugier sous le masque. Que m'arrive-t-il ? C'est la première fois que je ressens une chose pareille. Une telle décharge d'adrénaline ! J'étais tellement concentré que j'ai enchaîné les étapes en mode automatique en faisant abstraction de tout le reste. Combien de temps l'intervention a-t-elle duré ? Incapable de le dire. En tout cas, j'ai réussi. C'est le principal.

Virginie pose doucement sa main sur mon épaule.

— Bravo, Matthieu ! Ça a été un plaisir de t'assister. *Plaisir partagé.* Finalement, Bruno n'est même pas venu, soupire-t-elle. Laisser un interne tout seul sur une urgence comme celle-là, c'est juste incroyable. Enfin je dis ça, je dis rien...

Je hausse les épaules d'un air résigné. Vu le personnage, je ne suis pas plus étonné que ça.

— Vous êtes en compétition au sujet d'une fille ou quoi ?

— Non, je ne crois pas... Pourquoi tu me demandes ça ?

— Je ne comprends pas son attitude ! s'indignet-elle. Il l'avait finie, son intervention, quand tu l'as appelé. Il n'avait plus qu'à refermer et suturer. Tu aurais pu le faire à sa place plutôt que te lancer seul dans une trépanation en urgence.

Elle est marrante, Virginie, c'est maintenant qu'elle me le dit !

— Il te teste, j'en suis sûre. Il avait fait pareil il y a deux ans avec un interne qui traînait trop près d'une de ses proies. Il doit être en train de manger à l'internat à l'heure qu'il est. On parie ?

Ses propos ne tombent pas dans l'oreille d'un sourd. Pourquoi parier quand on est sûr de perdre ?

— Ça y est, c'est terminé, conclus-je d'un ton neutre. On peut le transférer en réanimation chirurgicale. Je pense qu'on est intervenus à temps et qu'il va s'en sortir. C'est le principal, non ?

— Oui, bien sûr… T'es pas rancunier, c'est bien.

— Que tu crois ! Quelqu'un peut-il m'appeler l'internat ?

Une aide-soignante lève son portable au-dessus de sa tête. Je la remercie.

— Peux-tu demander à parler à Bruno Martigues ?

J'attends patiemment et observe son visage se décomposer, l'oreille vissée au combiné.

— C'est lui-même qui vient de décrocher… Qu'est-ce que je lui demande ?

— S'il compte se foutre de ma gueule très longtemps…

Elle reste bouche bée un moment en me regardant.

— Euh… Désolée, finit-elle par balbutier. C'est une erreur.

Je lui souris pour m'excuser. Elle ne semble pas

m'en tenir rigueur et sort en pouffant de rire, sa main sur la bouche. C'était lâche de ma part, j'aurais dû l'appeler moi-même. La vengeance est un plat qui se mange froid. Et je compte bien le déguster !

10

Les araignées de Josic

Marie-Lou

— Tu n'as pas vu Jo ? m'a apostrophée Yvonne. Il n'est pas venu hier non plus, cela ne lui ressemble pas…

Je venais tout juste de m'installer pour prendre mon petit déjeuner et ne devais pas être tout à fait réveillée pour ne pas remarquer qu'il n'y avait pas les coudes de mon ami étalés sur le comptoir. Pas de pinte de bière posée sur son bock en carton.

— Non, je ne l'ai pas vu. Tu n'as pas essayé de l'appeler sur son téléphone ?

— Son téléphone ? Jo, un téléphone ? Je ne sais même pas s'il sait à quoi ça sert… C'est bizarre, il prévient d'habitude quand il ne vient pas.

— Si tu veux, je vais aller sonner chez lui. J'ai toujours eu envie de visiter l'antre de Jo !

— Ah, bah tu ne vas pas être déçue ! Je te prépare ton café et tes croissants pendant ce temps-là.

Les frottements des griffes de Coyote derrière la

porte me parviennent depuis la cage d'escalier. Dès que j'arrive sur le palier, il se met à aboyer. Des jappements aigus et stridents qui se finissent en geignements. Que se passe-t-il ? L'inquiétude monte. Je me mets à tambouriner sur la porte de plus en plus vite. Avec une telle force que les charnières cèdent. J'ai à peine le temps de comprendre la situation que le petit chien me saute déjà dessus. Ses pattes laissent des empreintes rouges sur mon jean. Un rouge qui m'est familier, vif et visqueux. Un rouge qui n'a rien à faire là, sur mes jambes. Un rouge qui me fait peur.

— Jo ? Tu es là ?

Une odeur de peinture et de colle s'engouffre dans mes narines à mesure que j'avance sur le lino crasseux de l'appartement. Coyote, lui, continue à sautiller entre mes jambes, et j'ai bien du mal à ne pas perdre l'équilibre. Une fois dans le salon, Jo m'apparaît soudain à travers la porte de la salle de bains restée ouverte. Quelques secondes pour réaliser. Juste le temps d'un frisson, d'un arrêt sur image avant de courir vers lui. Il est assis par terre, le dos calé contre la baignoire. Son corps est pris de soubresauts rapides qui font danser ses mains sur ses cuisses. Soubresauts qui me font dire qu'il est toujours en vie. Il me regarde d'un air hagard avec des yeux trop grands, trop ternes. Un filet de sang coule de sa bouche et macule le haut de sa chemise.

Je me jette à ses pieds.

— Josic, tu m'entends ?

En me penchant par-dessus ses épaules, je constate avec effroi la mare de sang au fond de la baignoire.

— Une hémorragie digestive…

Je parle tout haut, ce silence oppressant m'est insupportable. Sa pâleur cireuse contraste tellement avec ses habituelles joues roses. Il doit être très anémié. Ce que me confirme la blancheur de ses conjonctives quand j'abaisse ses paupières inférieures. Il lève les yeux et capte mon regard.

— J'ai peur, Marie-Lou, murmure-t-il. Les araignées me grimpent dessus.

— Quoi ?

— Elles t'attaquent aussi, fais attention.

Il est manifestement en plein delirium tremens et transpire à grosses gouttes.

— T'inquiète pas, je suis là maintenant… Je vais t'emmener à l'hôpital. Ne pense plus aux araignées.

Il m'agrippe alors la main comme s'il craignait que je ne le laisse.

— Allô, le 15 ?

Je passe mes coups de fil à toute vitesse, prise moi aussi de tremblements incontrôlables.

— Allô, Matthieu ? Allô, Anna ?

En attendant le camion du samu, je prends le temps de l'allonger sur le côté et d'éponger son visage. Rester inactive me paraît impossible. Mes allers-retours entre Josic et la fenêtre sont complètement stériles et irréfléchis. Je slalome au milieu des cadavres de bouteilles, des magazines et des journaux. Certaines feuilles paraissent découpées ou déchirées par endroits. Je tourne autour de la table du salon. Celle où la nourriture en décomposition se mêle aux palettes de peinture, aux tubes de colle et aux pinceaux. Je ne savais pas qu'il peignait. Quel capharnaüm ! Je déambule ainsi dans l'appartement jusqu'à ce que la sirène retentisse dans la rue.

Anna arrive en trombe dans le box des urgences.

— Ça va, Jo ?

— La transfusion est en cours, il avait 6 grammes d'hémoglobine.

Elle lui prend la main posée sur le drap. Celle qui s'est arrêtée de trembler au moment où il s'est endormi.

— Le gastro' vient de partir, il lui a fait une fibroscopie. Si j'ai bien compris, il a vu une déchirure à la jonction de son œsophage et de son estomac.

— Un syndrome de Mallory-Weiss ?

— Oui, c'est ça… T'es calée.

— Tu oublies que je suis chir' dig' ! Bon, je préfère ça comme diagnostic. Il est tiré d'affaire, alors.

— Oui… Ça faisait deux jours qu'il vomissait et qu'il n'arrivait plus à boire ni à manger. Il est complètement déshydraté et en plein delirium tremens. Il voit des araignées partout et fait des sauts sur son brancard. Ils ont dû l'attacher tout à l'heure.

— Aïe, le pauvre !

— Il ne veut pas que je parte, dis-je tout bas. Je le rassure, apparemment. Il me surnomme son « ange gardien ». Alors, j'évite de le contredire.

— Tu as appelé Matthieu ?

— Il arrive. Il sort de garde et finit ses transmissions avec Bruno Martigues.

Anna baisse la tête en rougissant.

— Ah…

— Oui, on ne peut pas dire que ce soit l'entente cordiale entre Martigues et ton cousin. *Elle hausse les épaules, gênée.* Ce n'est pas le moment, Anna, mais on se fera bien une soirée-filles, juste toi et moi pour discuter.

— Oui, si tu veux, soupire-t-elle. À condition que tu ne m'embêtes pas avec ça et que tu ne me juges pas. D'accord ?

Deux grands bras m'enlacent par-derrière, telle une bouée de sauvetage. Ils m'ont manqué, ces deux-là. Matthieu appuie son menton sur mon épaule et mes deux pieds s'enfoncent un peu plus dans le sol.

— Ça va, Jo ? me glisse-t-il à l'oreille.

— Oui… Avec la dose de tranquillisants qu'on lui a administrée, il a fini par s'endormir.

— C'est bien.

— Il a failli mourir, ça me fait froid dans le dos… À trente-cinq ans, tu te rends compte ?

— Non, pas bien. Je connais Jo depuis deux ans et je ne l'ai jamais vu à jeun. Ce mec a une capacité à s'autodétruire qui m'a toujours dépassé.

Je me retourne pour le serrer dans mes bras.

— Tu savais qu'il peignait ?

— Il m'a dit qu'il avait commencé les beaux-arts mais il n'avait pas assez d'argent pour payer ses études… Puis il m'a parlé d'un fléau familial. Un truc du genre. Une maladie qui se transmet de génération en génération et qui rend triste. Une fatalité en quelque sorte.

— J'ai envie de l'aider, Matthieu… Tu comprends ?

Il me soulève le menton et me regarde de ses yeux doux, cernés par une nuit blanche qui a dû être bien éprouvante.

— Attends un peu de voir s'il veut qu'on l'aide… Laisse-le se remettre. Jo n'a pas été habitué à tant de compassion.

— Il n'a personne. Qui pourra l'aider à part nous ?

— On va réfléchir à ça… Viens, je te ramène, Mère Teresa.

— Il ne veut pas que je le laisse.

— Il dort, tu reviendras cet après-midi. *Il me tire par le bras et m'enlace vigoureusement en me mordant le cou.* Viens… J'ai envie de toi. Spécialement après cette garde.

— C'était si dur ?

Un gémissement étouffé est sa seule réponse. On traverse enlacés le long couloir des urgences. Je n'ai qu'une envie, moi aussi : enlever ce pyjama bleu et tout oublier.

— Au fait, ça te dit quelque chose : Thomas Bruchec ? demande Matthieu en m'ouvrant la portière de sa voiture.

— Non, pourquoi ?

— Pour rien…

11

La femme secrète

Marie-Lou

Matthieu va encore se moquer de moi. Après Mère Teresa, je me suis transformée en Brigitte Bardot. Le temps de l'hospitalisation de Jo, je veux bien héberger son petit chien mais pas les puces qui vont avec. Celles qui sautillent sur son arrière-train. Sans parler de la teigne qui attaque son flanc. Je n'ai pas perdu ma matinée, j'ai eu le droit à un cours de dermatologie canine. La lampe de Wood du vétérinaire a été catégorique : pas de teigne. Juste un grattage un peu trop intensif qui a fini par faire chuter ses poils et strier son flanc de plaies suintantes et croûteuses. Pauvre Coyote ! J'avais pris rendez-vous juste après chez la toiletteuse pour lui refaire une beauté avec les quelques poils qui lui restaient. Mal m'en a pris, on s'est fait refouler comme des malpropres.

— Je ne fais pas de toilettage aux chiens pleins de puces. Soignez-le et ramenez-le après !

J'aurais dû m'en douter mais le ton hautain et agressif de la blonde peroxydée ne m'a pas vraiment donné envie de m'excuser.

— Vous allez chez le coiffeur quand vous avez des poux ? Non, mais alors !

J'ai haussé les épaules et tourné les talons. Coyote, humilié, me suivait de près et rasait le plancher.

— T'inquiète pas, vieux… On en trouvera bien une qui voudra de toi.

J'espère juste que les effets de la lotion du vétérinaire seront rapides et efficaces. Pas envie d'avoir des croûtes sur mon arrière-train moi aussi ! Je rigolais toute seule au volant de ma voiture ce midi-là. C'était sûrement psychosomatique, mais je me suis grattée tout le trajet.

En m'apprêtant à ouvrir la porte de la chambre 51, je m'étonne de ressentir déjà de la compassion pour cette patiente que je ne connais pas. De la compassion mêlée d'une pointe de curiosité.

J'étais assise à quelques mètres de Tournos quand il a reçu son mari tout à l'heure. Vu la tournure qu'a prise leur conversation, je m'y suis invitée en douce, en tendant l'oreille sans en avoir l'air. Je tournais avec application les pages du gros dossier de Marion Latouche en créant l'illusion de le découvrir pour la première fois. À force de la voir revenir chaque semaine, j'en connaissais tous les détails et les rebondissements. Du coin de l'œil, cet homme me donnait l'impression d'être l'exact opposé d'Hubert Tournos. Grand, apprêté, parlant avec assurance et détermination. Ce quadragénaire aux tempes grisonnantes courbait son dos pour mieux s'approcher du professeur et converser avec lui sur le ton de la confidence. Hubert, lui, reculait son siège de plus en plus, gêné par les propos acerbes du mari envers sa femme.

— Je vous la laisse, docteur. Elle fait n'importe quoi. De toute façon, je ne lui ai pas donné le choix. Elle peut pleurer, me supplier, je ne la reprendrai pas dans cet état.

Il parlait de quoi, là ? D'un appareil ménager ? Avait-il le droit et le pouvoir de la forcer à venir à l'hôpital ? Certainement pas. À entendre les courtes réponses bredouillées par mon chef de service, il était sûrement d'accord avec moi. S'il arrivait au moins à en placer une !

— Docteur, c'est tous les jours le même petit jeu de cache-cache. Je retrouve des cadavres de bouteilles dans des endroits improbables. Dans la chasse d'eau des toilettes… Pas plus tard qu'hier ! De la vodka en plus. C'est, paraît-il, l'alcool qui sent le moins, vous le saviez ? Et ça se prend pour une mère au foyer respectable, tu parles ! Quand les enfants sont partis à la fac, elle venait d'avoir quarante ans. Jeune pour se retrouver toute seule à la maison avec ses chats… C'est là qu'elle a commencé à faire n'importe quoi. Faites quelque chose, docteur, je ne vais quand même pas prendre une retraite anticipée pour la chaperonner ! Lui organiser des dîners mondains tous les soirs pour l'occuper ! Lui trouver un travail ! Lui faire un autre enfant ! Que voulez-vous, c'est trop tard ! Et puis je n'ai pas que ça à faire, de m'occuper d'elle… J'ai une boîte à faire tourner, moi !

J'en avais assez entendu ! Cet homme réveillait en

moi mon côté féministe. Et si c'était en partie de sa faute ? Si c'était lui, qui avait façonné sa femme pour qu'elle reste à la maison garder ses enfants. Lui, qui lui avait fait arrêter ses études. Il me tardait d'en savoir plus. Je me suis levée bruyamment et suis venue me poster entre le babos et l'aristo. Je mourais d'envie d'attraper le dernier par le col de son polo. Celui qu'il avait relevé jusqu'aux oreilles, juste au-dessus de son crocodile brodé. Celui que j'ai fusillé du regard. Tournos s'est raclé la gorge dans un grand bruit et a cligné des paupières comme pour m'arrêter dans mon élan. Quand j'ai attrapé d'un coup sec le dossier d'Hélène De Pommerol posé sur le bureau, j'ai failli le lui envoyer à la figure au passage.

— Désolée, il y a une patiente qui m'attend.

Ta femme, en l'occurrence.

Elle se tient assise au bord de son lit, ses mains posées sur les genoux. Ses petits escarpins noirs serrés l'un contre l'autre ne décollent pas du sol. Elle a pleuré. En témoignent les coulées blanches laissées sur son fond de teint, les gouttes qui perlent encore sur ses cils. Elle n'ose pas nous regarder. On dirait une enfant qu'on vient de gronder et qui attend sa punition. Elle paraît si jeune, si fragile.

— Vous savez, si vous ne voulez pas rester hospitalisée, c'est votre droit. Vous êtes libre de partir.

C'est la première phrase que j'avais envie de lui dire. La première pour la mettre en confiance.

Éric, lui, fait exprès de rester à la porte. Ne pas être trop intrusif pour lui donner envie de relever la tête. Hélène De Pommerol finit par hausser les épaules. Maintenant qu'elle est dans cette chambre, elle n'a plus rien à perdre. De toute façon, elle n'a plus du tout envie de rentrer chez elle. Rien ne sera plus comme avant. Je laisse le silence la faire avancer dans ses réflexions. Je vois son corps s'affaisser tout doucement, ses épaules se courber, son ventre se plier. C'est à ce moment qu'elle lève les yeux vers moi. Des grandes billes bleues qui m'ouvrent la voie.

— Qu'en penses-tu ? me demande Hubert, sa tasse de thé à la main.

— Qu'elle devrait d'abord commencer par changer de mari !

— Ha ha ha ! Marie-Lou, je te reconnais bien là. C'est un jugement et non un diagnostic, ma chère.

Éric renchérit à son tour :

— Cette femme a l'air complètement paumée. D'une solitude et d'une tristesse incommensurables.

Tournos soupire.

— Cette situation est délicate et mérite que vous m'éclairiez. Le mari m'a contacté ce matin et m'a déposé sa femme sans lui demander son avis.

— Comme un tas de linge sale, ajoute Éric.

— Je ne vais bien sûr pas la garder hospitalisée contre son gré.

— Elle accepte de rester, dis-je. Elle se sent anéantie et humiliée mais on a eu un bon contact avec elle.

— Tant mieux, je pense qu'on peut l'aider.

— J'ai l'impression qu'elle utilisait l'alcool comme anxiolytique. Un alcoolisme solitaire, caché de tous.

— Bien vu, Marie-Lou, tu progresses. Il y a effectivement plein de façons différentes de s'alcooliser. C'est important de le savoir quand on prend en charge nos patients.

Je penche la tête, le stylo à la bouche, lui indiquant que j'aimerais en savoir plus. Hubert aspire doucement sa gorgée de thé chaud puis continue la phrase qu'il avait laissée en suspens.

— Une femme délaissée, des fêtes étudiantes qui se prolongent au fil des ans, la solitude, le deuil, le chômage, les mondanités qui ne se refusent pas. Les causes profondes de leur alcoolisme se cachent souvent dans leur environnement. L'alcool est festif, l'alcool est mondain, l'alcool est solitaire. Qu'on le cache ou non, il ne console en rien. C'est soit un ennemi qui te veut du bien et qui te fait du mal, soit un ami qui te veut du mal et qui te fait du bien[1]. Cette phrase n'est pas de moi, mais je l'aime bien. Elle résume les forces contraires qui animent nos malades, le combat intérieur auquel ils doivent faire face. S'il est aisé de stopper leur dépendance physique par les médicaments, leur dépendance psychique, elle, c'est autre chose. Elle les hantera toute leur vie dès qu'ils verront un verre passer sous leurs yeux. À nous de la rendre latente, à l'état de braises. À nous de faire en sorte qu'elle nc flambe pas.

Je pourrais écouter Hubert pendant des heures. Sa voix m'hypnotise et suspend le temps. *De quoi parlait-on déjà ? Ah, oui ! Mme De Pommerol, la femme secrète.*

1. Jacques Dutronc.

— Elle nous a fait comprendre qu'elle désirait se sevrer, marmonné-je sans vouloir l'interrompre. C'est d'ailleurs la seule raison de la garder hospitalisée.

— La seule ? m'interroge Éric. L'éloigner de son goujat de mari, ça aussi, c'est une bonne raison !

— Si vous vous y mettez tous les deux, sourit Hubert.

— Cette femme m'a fait penser à mon ami Josic… Celui qui est hospitalisé. Elle avait la même tristesse dans le regard.

— Josic Kermarrec ?

Il porte la main à sa bouche comme si son nom lui avait échappé.

— Tu le connais ?

Je n'arrive pas à le croire. Pourquoi Jo ne m'a-t-il rien dit ? Mon chef de service se met à secouer la tête sans discontinuer, ses négations me semblent interminables.

— Tu ne diras rien, c'est ça ? Le secret médical…

— Le monde est petit, tu sais… Le prénom Josic n'est pas très courant et ton histoire de fléau familial m'a mis la puce à l'oreille.

— Il a une forme familiale de dépression, c'est ça ? J'ai lu que c'était possible.

— Si tu l'as lu…, me nargue-t-il gentiment. L'alcool cache souvent autre chose, tu sais. Surtout quand l'addiction survient aussi jeune. Ça fait au moins deux ans qu'il n'est pas venu me voir en consultation. J'avais des raisons de m'inquiéter pour lui.

— Tu suivais… Tu suis Josic ? C'est fou ! Tu sais qu'il est à la Cavale Blanche ? En gastro-entérologie.

Il prend le temps d'aspirer sa dernière gorgée de thé avant de se lever.

— On en reparlera… Bon, je vous laisse… Je dois exprimer ma diurèse.

Drôle de façon de nous dire qu'il a envie d'uriner !

Hubert ne m'en dira pas plus. En tout cas, pas aujourd'hui.

12

Tu l'as goûté, le taboulé ?

Matthieu

Mercier m'a coincé à la sortie du staff, ce matin. Son visage était plus fermé que d'habitude. La froideur d'une colère retenue. Je me suis demandé ce qu'il avait à me dire et l'ai suivi dans son bureau.

— J'aimerais revenir sur la nuit du 30 juin si vous le voulez bien… Celle où vous étiez de garde avec Martigues. *Aïe.* Virginie m'a fait part de ce qui s'était passé au bloc. L'attitude de Bruno à votre égard… Vous confirmez ?

J'ai préféré baisser la tête. Je n'avais pas prévu de le dénoncer.

— Vous ne direz rien, c'est ça ?

— Non, monsieur.

— Votre silence confirme mes inquiétudes, malheureusement. Un problème personnel avec Martigues ? *J'ai secoué la tête.* Bon… Pour cette fois, il n'y aura pas de sanction disciplinaire mais il va m'entendre, vous pouvez en être sûr ! Je vais l'avoir à l'œil.

Merci de ne plus vous retrouver de garde avec lui dorénavant. Compris ?

— Oui… Comptez sur moi.

Si c'était une décision du chef, j'allais m'y plier avec plaisir.

La visite du service s'éternise. Tout va de travers. Les petites complications amènent les grosses. C'est la loi des séries. Mme Le Menach n'a pas dormi de la nuit. Elle a été opérée d'un méningiome la veille et n'est pas soulagée par les antalgiques, il faut passer au palier supérieur. M. Laudrin a de la fièvre, il tousse gras, et j'entends des crépitants à l'auscultation. Une infection pulmonaire probablement, qui mérite d'être confirmée par une radio. Son intervention de demain devra être reportée. La sonde urinaire de M. Le Floch est bouchée par des caillots. J'avoue que cela dépasse mes compétences et demande avis auprès du collègue d'urologie. Dans ces moments-là, je suis bien content de faire partie du bureau de l'internat et de connaître les internes des autres spécialités. Il entre dans de grandes explications sur la méthode d'irrigation à mettre en place. Bref, une histoire de tuyauterie, ni plus ni moins.

Quand j'ouvre la porte de la chambre 22, là c'est une tout autre histoire : M. Richard se tord de douleur, la main posée sur sa poitrine.

— Ça serre, docteur, et j'ai du mal à respirer.

Même si mes cours de cardiologie remontent à quelques années, je suspecte dans la seconde un infarctus du myocarde et ameute les infirmières qui accourent avec leur chariot.

Action-réaction.

— On peut lui prendre ses constantes ? Lui faire un électrocardiogramme ? Le perfuser ? Vous avez de la trinitrine en spray ?

Opéré la veille d'un canal carpien, il était censé rentrer chez lui ce matin. Je lui amenais justement son ordonnance de sortie. Ses coronaires n'ont pas dû tolérer l'arrêt de l'aspirine cinq jours avant l'intervention. C'est pourtant recommandé dans ce type de chirurgie. Je reconnais le sous-décalage typique sur le tracé de l'électrocardiogramme, le fameux signe qui indique qu'il ne faut pas trop traîner.

— Allez, on le brancarde.

M. Richard commence à prendre la couleur de ses draps lorsque je le confie au cardiologue des urgences. Il était temps. Tout ça pour un cachet d'aspirine !

Sale journée.

Sur le trajet de l'internat, j'appelle le service de gastro-entérologie pour prendre des nouvelles de Jo.

— Comment ça ? Il n'est plus en chambre 36 ?

On m'apprend qu'il vient d'être transféré en addictologie à l'hôpital de Bohars à la demande expresse du professeur Tournos. *C'est quoi, ce bordel ? Jo n'avait rien demandé !*

Marie-Lou me fatigue par moments.

Barbara, interne en ophtalmologie, lève la main et se tortille sur sa chaise pour m'indiquer qu'il reste une place de libre à côté d'elle. Il ne manquait plus qu'elle pour aggraver mon humeur de chien. Rien que l'odeur de son parfum musqué me coupe l'appétit. Je fais comme si je ne l'avais pas vue et préfère la compagnie des endocrinologues. Bon, ils ont du mal à se détendre et à parler d'autre chose que de médecine. Tant pis. Tout sauf Barbara. À trois tables de la mienne, c'est au tour d'Hugo, mon co-interne, de me faire un signe de la main. Il hausse les yeux pour me faire comprendre qu'on ne choisit pas toujours son voisin de table. C'est la double peine quand on se retrouve au bloc avec Bruno Martigues : on doit aussi se le coltiner au déjeuner. Tu peux toujours rêver, Hugo, je ne changerai pas de place ! Ce taboulé est fade, sec et croustille sur la langue, j'ai l'impression de mâcher des grains de sable. Ils doivent recycler les barquettes des patients au régime sans sel, ce n'est pas possible autrement.

Sur un coup de tête, je me lève en criant :

— Hugo ? Tu l'as goûté, le taboulé ?

Mon ami, surpris, se redresse aussitôt et me défie du regard. *Non, tu ne vas pas faire ça ? Je vais me gêner !* Je ne lui laisse pas le temps d'approcher la main de son assiette et lui lance une poignée de semoule en visant particulièrement son voisin de gauche.

— Projections !! hurlent mes voisins en se réfugiant sous la table.

Martigues en a plein les yeux et frotte énergiquement son visage avec une serviette en papier. Je choisis ce moment-là pour attraper la salade de poulpe à ma droite et la lui envoie en pleine face. Les tentacules huileuses à la sauce tomate viennent s'écraser sur son front et dégoulinent le long de ses doigts. La cible est atteinte, la bataille touche à sa fin. Hugo éclate de rire en secouant la tête, vaincu. Il ne fera pas mieux. Martigues avait fait tomber la blouse pour manger. Sa chemise blanche s'en souviendra. Il sort de l'internat furieux, on ne l'y reprendra plus. Moi, je m'en tire plutôt bien, quelques éclaboussures de sauce par-ci, par-là.

Ah... Je me sens tout de suite mieux.

Martigues ne m'avait rien fait aujourd'hui, mais la vengeance est un plat qui se mange froid. Après un rapide coup d'œil pour m'assurer qu'Anna n'a pas assisté à la scène, je sors de l'internat en arborant ma tête de vainqueur. Ce souvenir va égayer mes consultations de cet après-midi.

— On nettoiera, ne vous inquiétez pas, s'excuse Hugo auprès des dames qui ramassent les plateaux. Mon collègue doit grandir un peu...

Je n'ai toujours pas de nouvelles du service de cardiologie quand je quitte le service.

— Vous direz bien à l'interne de me rappeler au sujet de M. Richard. Même tard ce soir...

L'hôpital de Bohars est en pleine cambrousse, comme pour dissuader les patients de se sauver. Pauvre Josic, qu'est-ce que tu viens faire là ?

Je slalome entre les différentes îles : *Hoëdic*, *Houat*, *Belle-Île* et m'approche de la *pointe Bretagne*. Pourquoi avoir donné des noms aux différents pavillons ? C'est ridicule et cela ne les rend pas plus attirants. *Molène* est le dernier, le plus paumé d'entre eux. Je tombe tout de suite sur Marie-Lou, en pleine conversation avec un patient. Elle a vraiment une drôle de façon de mener ses entretiens, les fesses posées sur le bureau. Étonnant, ça ne lui ressemble pas. Son interlocuteur écoute patiemment son monologue en baissant la tête, il est bourré de tics et s'agite à chaque phrase. À son sac posé sur l'épaule, je devine qu'elle était sur le point de partir.

— Matthieu ? s'étrangle-t-elle.

Deux rides se sont formées au milieu de son front. Pourquoi me regarder aussi naïvement, comme si elle ne se doutait de rien ? La doctoresse s'est à peine approchée de moi, nullement gênée que son patient soit mêlé à l'entretien.

— Tu lui as demandé son avis avant de le parquer en psychiatrie ?

Elle recule, surprise par le ton de ma voix.

— Qui ? Josic ?

Non, le pape ! Elle m'énerve.

— On m'a dit qu'il venait d'être transféré en addictologie… Qu'un professeur Machin-Chouette avait spécialement appelé pour dire qu'il y avait une place pour lui… Tu déconnes complètement, Marie-Lou ! Je t'avais bien dit de lui demander son avis avant. On n'est pas au pays des Bisounours… Merde ! On ne décide pas à la place des autres.

Elle porte la main à sa bouche.

— Euh, Hubert…, dit-elle en se retournant. Je vous présente Matthieu.

Je n'ai pas du tout envie de devenir intime avec Hubert. Ce n'est absolument pas le moment. Et pourquoi l'appelle-t-elle Hubert, d'ailleurs ?

— Bonjour, Matthieu. Enchanté…, répond-il d'un ton neutre. Hum, je pense être le professeur Machin-Chouette.

Ce petit bonhomme plein de tics, au look de soixante-huitard ? Professeur ? C'est lui, Tournos ?

— Matthieu, calme-toi, me supplie Marie-Lou. J'ai longuement discuté avec Josic, hier soir. Tu avais raison, je pense qu'il est en pleine dépression.

— Alors là, je t'arrête tout de suite ! Je me garderais bien de faire des diagnostics à deux balles sur des discussions de comptoir. C'est toi, la spécialiste.

— T'es injuste, Matthieu. Il était d'accord… Il ne pourra jamais s'en sortir seul.

Monsieur Tournesol reste à l'écart, droit comme un piquet. Enfin, un piquet secoué de décharges électriques. À ses sourcils froncés, il commence mon analyse, j'en suis sûr. Ce mec me stresse.

— Je vous préviens, je vais le voir… S'il ne veut pas rester en psychiatrie, je le ramène avec moi illico presto.

Je les laisse en plan tous les deux en me demandant bien dans quelle case ils vont me classer. Psychopathe impulsif et colérique… Un truc dans le genre. Il y a bien une place pour moi aussi dans cet hôpital. Il est tellement grand. Un pavillon entier pour les psychopathes impulsifs et colériques. Si jamais Josic était d'accord pour être hospitalisé, je suis un con. J'assume.

— Allô, Matthieu ? Oui, c'est Gwendal en cardiologie. C'était pour te dire que M. Richard ne s'est pas réveillé après la coronarographie. Infarctus massif, on n'a rien pu faire. Désolé, mon pote.

Sale journée.

13

Jacques l'érotomane

Marie-Lou

Les yeux d'Hubert s'étaient mis à pétiller, il avait bien du mal à masquer son sourire. Je ne voyais pourtant pas ce qu'il trouvait drôle.

— Entier, ton ami, avait-il fini par dire.

— Vraiment ? Il me fatigue.

— Chirurgien, c'est ça ?

— Hubert, tu n'as quand même pas des a priori pareils ?

Je m'étais sentie triste tout à coup, c'était la première fois que Matthieu me parlait sur ce ton. *On n'est pas au pays des Bisounours...* Non mais, pour qui me prenait-il ? Ça m'avait tellement blessée que je ne réalisais pas encore les conséquences.

— Je regrette tellement ce qui vient de se passer, avais-je soupiré.

Hubert ne s'était pas arrêté de sourire. Rien ne semblait l'étonner. La nature humaine lui en avait tant fait voir.

— Tu sais, Marie-Lou… Il m'est étrangement sympathique, ton ami. *J'avais ouvert des yeux ronds comme des billes.* Bon, sur la forme, il a tort, c'est sûr. Ha ha ha ! C'était si maladroit. Mais sur le fond, je trouve son questionnement plutôt… sain.

— Sain ? Ne pas vouloir aider son ami ? Le laisser crever à trente-cinq ans ?

— Non, ne pas vouloir choisir à sa place. Contre sa volonté.

— Il est injuste avec moi.

— Oui, il est… étonnant.

— Injuste.

— Hum, intéressant.

— Injuste !

— Charmant, ce garçon.

— Hubert !

Je venais de crier contre mon chef et mes joues commençaient à me chauffer. J'étais en train de craquer complètement. Il était temps de rentrer chez moi. Ma réaction l'avait fait pouffer de rire et ses yeux avaient cligné de plus belle. Professeur Machin-Chouette était manifestement sous le charme, mes arguments n'y changeraient rien.

Ce matin, j'essaie d'oublier mes ruminations de la nuit, de faire abstraction du si « charmant garçon », « étrangement sympathique » qui me cisaille le cœur et je me mets au diapason de l'humeur de mon infirmier préféré. Éric et son enthousiasme constant. C'est reposant.

Les pensionnaires du pavillon *Molène* se portent

plutôt bien. L'effet du soleil de juillet ? La luminothérapie, comme on dit ? D'humeur joyeuse – quand elle n'est pas exaltée –, tous ont des choses à nous raconter. On a le droit à du sensé ou à de l'extraordinaire, à du récit dont le fil se tient ou à des passages du coq à l'âne. Tous nous accueillent avec des « Ah, je vous attendais ! » ou des « Vous ne savez pas ce qui m'arrive ? ».

Tous, sauf un. Celui que je garde pour la fin.

Grégoire Philbert vient de battre son record. Quinze jours sans manger une seule fourchette.

— On tient le bon bout ! se félicite Éric.

Je ne connais pas la recette miracle du régime sans métaux, mais l'augmentation des anxiolytiques, les séances de sismothérapie, les entretiens réguliers lui font manifestement du bien. Il arrive même à prendre ses repas dans le réfectoire sans se jeter sur les autres plateaux.

Mme De Pommerol côtoie les patients schizophrènes avec discrétion et bienveillance. Elle se tient souvent à l'écart, un livre posé sur les genoux. Nous lui avons proposé de la transférer dans le service d'addictologie, plus adapté à sa pathologie, mais elle préfère rester à *Molène*. Cette belle femme au chignon toujours impeccable n'a autorisé aucune visite depuis son hospitalisation. Ni ses enfants, ni son mari. Coupure salutaire, pour elle et son entourage. Pour elle, essentiellement. Que va-t-elle devenir à sa sortie ? Tout porte à croire qu'elle veut changer de vie. Elle nous a envoyé quelques signaux, Éric a pris soin de tous les noter dans son dossier.

— J'ai mon diplôme d'infirmière mais je n'ai

jamais pu exercer… Mon mari voulait une potiche et rien d'autre, une mère nourricière à la rigueur, mais sans les seins qui tombent… Ma maison est devenue une prison dorée… J'avais de moins en moins de raisons d'en sortir… Plus de projets, plus de sorties, plus de contacts humains, juste ceux de « la femme DE », mon rôle de composition…

Oui, une chose est sûre. Elle s'apprête à changer de cap.

Je suis maintenant devant la porte de la dernière chambre et je n'ai qu'une envie : partir en courant et laisser Éric faire l'entretien sans moi. Jacques Kergos me hante depuis maintenant cinq jours. Son regard posé sur moi me hérisse les poils et m'empêche de trouver le sommeil. Je ne sais pas pourquoi il me fait cet effet-là. Ce quadragénaire à la carrure de jockey et au crâne dégarni n'a pourtant pas l'air très méchant. Je n'aime pas la façon dont il ouvre la bouche en me voyant et j'aimerais bien me cacher derrière une blouse dans ces moments-là, plutôt qu'utiliser Éric comme paravent. Impossible d'effacer de ma mémoire son rictus avide et malsain, ses yeux qui me déshabillent, son rire nasal et tressautant.

Il s'était présenté à l'accueil cinq jours auparavant et avait demandé à être hospitalisé. C'était toujours le même scénario, Tournos commençait à y être habitué. Quand la femme qu'il prenait pour cible finissait par contacter les flics, il ne le supportait pas et se réfugiait à Bohars. Les délires érotomaniaques étaient monnaie courante chez Jacques Kergos et ça se terminait toujours au commissariat. Il collait ses proies comme de la glu et, fort heureusement, ne mettait jamais en pratique ce qu'il avançait. De quoi tout de même franchement inquiéter sa voisine de palier. Ce n'étaient pas des bouquets de fleurs qu'il déposait sur son paillasson mais des DVD de films pornos et des sex-toys en plastique. La galanterie se perd !

Je me souviens de sa phrase quand je l'avais examiné pour la première fois. Celle qui succédait au rictus. Celle qui m'avait mise mal à l'aise. Il avait voulu me faire une blague. Raté, ça ne m'avait pas fait rire.

— Savez-vous pourquoi les filles aiment les Porsche ?

— Non, avais-je répondu.

— Parce que les cochonnes aiment bien les porcheries, avait-il renchéri en s'esclaffant.

Non, cela ne m'avait pas du tout fait rire.

14

Du haut de la falaise

Marie-Lou

Ce midi, je ne prends pas la direction de l'internat mais celle du service d'addictologie. Je n'ai pas vu Josic depuis son entrée à Bohars, il me tarde d'avoir de ses nouvelles. Après l'intervention désastreuse de Matthieu, je l'avais appelé pour m'assurer qu'il voulait bien rester hospitalisé.

— Pourquoi tu me demandes ça ? m'avait-il répondu de sa voix d'outre-tombe.

— Comme ça…

— Matthieu vient de sortir de ma chambre. C'est étrange, il avait l'air énervé, je n'ai pas bien compris pourquoi.

Moi non plus ! Ça valait bien la peine de nous hurler dessus et de nous menacer. La vue de Josic a dû tout de suite le faire changer d'avis. Comment aurait-il pu le ramener dans cet état ? Avec de tels signes de sevrage et des araignées plein la tête ? Comment le calmer sans lui remettre un verre dans les mains ?

Quel têtu de première ! Le soir même, j'avais attendu vainement un signe de sa part. Juste un coup de fil aurait suffi. Me faire une scène devant mon chef méritait au moins des excuses. Mais non. Rien. Il est sans doute trop fier pour ça. J'en suis réduite à regarder toutes les cinq minutes l'écran de mon portable et me retiens de faire le premier pas. Pourquoi ne m'appelle-t-il pas, à la fin ? Les jours passent et son silence me semble de plus en plus surréaliste. Est-il si occupé en neurochirurgie ? N'a-t-il pas une minute pour téléphoner ? Que me reproche-t-il ? D'avoir voulu aider Jo ? D'en avoir parlé à mon chef de service ? S'il croit que je vais subir ses sautes d'humeur sans broncher ! Je ne suis pas Hubert et je n'ai pas du tout trouvé ça drôle. Ni irrésistible. Au contraire. C'était condescendant et humiliant. Comment a-t-il pu me parler sur ce ton ? S'il tenait vraiment à moi, il n'aurait pas crié de la sorte. Il ne serait pas parti en claquant la porte. Sans même se retourner. Non, il ne peut pas tenir à moi…

Avant d'entrer dans la chambre de Josic, je m'apprêtais à lui proposer un pique-nique dans le parc. Lui vendre le grand air qui fait du bien, le soleil, la vitamine D… J'étais même allée chez Francis ce matin lui chercher des « pistaches-cacahouètes » pour l'occasion.

— Pour Jo ? C'est gratuit ! s'était-il exclamé. Passe-lui le bonjour…

Le boucher d'un naturel peu expansif avait sorti son plus beau sourire et m'avait raccompagnée jusqu'au trottoir. Josic laissait un vide au *Gobe-*

mouches. Un vide et une sensation de malaise. Comment ne pas se sentir un peu coupable ? Tout le monde s'était aperçu qu'il était en train de sombrer mais personne n'avait rien fait pour l'aider. Moi la première. Matthieu devait s'en vouloir lui aussi. Était-ce la raison de sa colère ? Lui qui aime bien tout maîtriser. Jo lui a glissé entre les doigts. Sans même en comprendre les raisons. Il refuse de l'imaginer en psychiatrie. Je le vois bien. C'est un monde qui lui fait peur. S'il savait comme la barrière est fine pourtant ! Je m'en rends compte tous les jours en travaillant ici. Le cas de Mme De Pommerol en est un bel exemple. On peut tous avoir besoin d'un psychiatre un jour ou l'autre. Pourquoi se croire infaillible ? Je n'ai pas fini de me poser des questions au sujet de Matthieu et commence à m'épuiser au jeu des devinettes.

L'obscurité me frappe une fois passé le seuil de sa porte. Seuls quelques rayons zèbrent son corps à travers les volets. Il est recroquevillé en chien de fusil et a rejeté ses draps au pied de son lit. Pauvre Jo ! Il transpire à grosses gouttes, mû par d'intenses secousses. Je m'agenouille près de lui.

Jo… Veux-tu que je revienne plus tard ?

Quelle idée, ce déjeuner-surprise ! J'ai voulu aller trop vite. C'est tout moi.

Il m'agrippe la main et plonge ses yeux azur dans les miens d'un air suppliant.

— Non, reste… Ça me change les idées.

Je ne suis pas sûre d'être de bonne compagnie en ce moment. Il a l'air de vivre un vrai cauchemar et le divertir semble relever du miracle. Que pourrais-je bien lui dire ? Il paraît si vulnérable. Je ne sais pas ce qui me prend de lui raconter cette blague. Est-ce parce que je me sens mal à l'aise ? Est-ce pour meubler le silence ? La blague des filles qui aiment les Porsche, ce n'est vraiment pas l'idée du siècle. Il fronce les sourcils.

— C'est horrible ! Ça te fait rire, toi ?

— Ben non…

C'est son regard outré qui m'amuse. L'humour de Jo n'a rien à voir avec celui de Jacques Kergos, je n'en doutais pas une seule seconde !

— C'est un patient qui me l'a racontée.

— Alors méfie-toi de lui. Cet homme n'aime pas les femmes.

Il glisse vers l'avant du lit et s'assoit contre le mur. Ses tremblements se calment.

— Tu en as d'autres comme ça ?

Il me sourit. Enfin.

J'étale sur sa table de chevet l'andouille, le saucisson et le filet mignon fumé.

— C'est le *Gobe-mouches* qui régale !

— Je n'ai pas très faim, tu m'excuseras, lâche-t-il en faisant la moue. En revanche, j'ai tout le temps soif… d'eau, bien sûr.

— Bien sûr…

Il me regarde manger pour deux. Manger et parler. La cochonnaille délie ma langue de bavarde.

— Tournos m'a dit qu'il te suivait en consultation.

— C'est vrai, il t'a dit ça ? Ça remonte…

— En fait, j'ai tenté de lui tirer les vers du nez, mais il n'a rien voulu me dire.

— Sage homme.

Je lui tape l'épaule en souriant.

— Je sais que tu n'es pas en état de parler de ça… Mais un jour, tu me raconteras l'histoire de ta famille ?

Pourquoi ai-je laissé échapper cette question ? Je le regrette instantanément. N'étais-je pas là pour lui changer les idées ?

Le regard de Josic s'assombrit. Il prend le temps d'éponger son front avec un mouchoir avant de me répondre.

— La psychiatrie te rend curieuse…

— C'est toi qui me rends curieuse.

Il paraît troublé. Je m'excuse maladroitement. Ses grands yeux bleus cernés se ferment en un grand soupir.

— C'est l'histoire d'une falaise, me coupe-t-il en accélérant le rythme de sa voix. L'histoire d'une malédiction…

Une boule se forme dans ma gorge.

— Cet endroit, il a quelque chose de particulier. Un côté magique. C'est indéfinissable… Un phare, les ruines d'une abbaye, le gouffre… Des perspectives qui se croisent et se projettent à perte de vue. Vers le ciel, vers la mer… Ça donne le vertige, c'est enivrant. On se sent attiré par le vide…

— Ne me dis pas que tu as déjà eu envie de sauter !

— Alors, je ne te le dis pas, madame la psychiatre… Tu me classerais dans la case déprimé suicidaire et ça ne ferait qu'aggraver mon cas. Je te connais, tu courrais le dire à Tournos et il m'assommerait d'antidépresseurs.

— Vraiment ? Tu me vois comme ça ? C'est un peu réducteur…

— C'est un raccourci, c'est vrai… Mais quand tu me demandes si j'ai déjà eu envie de sauter, ça aussi, c'est un raccourci.

Je ne vois pas bien où il veut en venir. Il continue.

— S'il te prend l'envie de regarder mon dossier, tu apprendras que ma grand-mère, ma mère, ma sœur ont fait le grand saut… À quelques années d'intervalle… Alors forcément, j'y pense. Cet endroit, c'est leur tombe. Le caveau de la famille en quelque sorte.

J'ai du mal à respirer.

— Josic…

Mon regard le sonde. Aucune expression ne transparaît. Il reste les yeux dans le vide. J'ai envie de le tirer par le bras et le remonter tout en haut. En haut de la falaise.

— C'est horrible, ton histoire !

— Pourquoi ? Elles n'avaient plus goût à rien. Elles avaient décidé que leurs vies ne valaient plus la peine d'être vécues. Pourquoi ne pas précipiter la mort quand on n'attend plus rien ?

— Je ne sais pas, Jo, c'est radical… Comme de se dire qu'il n'y a plus d'espoir.

— Il paraît que les Kermarrec ont les gènes fragiles, Marie-Lou. C'est Hubert Tournos qui l'a dit. Tu pourras lui demander si tu veux. As-tu appris ça dans tes livres, toi aussi ?

— Tu parles de dépression ? D'hérédité ? Oui, je l'ai lu. C'est possible.

— Et ?

— Ce n'est pas si simple, ça résulte de plusieurs

facteurs. Il n'y a pas que les gènes en cause. Ce n'est pas une fatalité, Jo, je t'interdis de croire ça.

— Tu m'engueules en plus ?

— Tu peux t'en sortir, crois-moi.

— Comment fais-tu pour être toujours aussi positive ?

— Je ne sais pas… C'est en moi.

— C'est familial ? Ça aussi, ce sont les lois de la génétique ?

— Viens donc faire un tour en Haute-Savoie… Je te présenterai mes parents et tu verras que tu n'es pas loin de la vérité !

Il se rallonge sur son lit, les mains derrière la tête et pousse un long soupir.

— J'aime ta vision des choses, Marie-Lou… La science au profit de l'optimisme. Tournos ne serait-il pas en train de déteindre sur toi ?

15

La revanche

Matthieu

Je ne l'ai pas vu arriver. Je viens d'entendre la porte claquer derrière moi puis le tintement de la clef. Je la laisse dans la serrure tous les matins, juste quelques secondes, le temps d'enfiler ma blouse. Ce rat a préparé son coup, tapi dans l'ombre.

6 h 56. Le staff commence dans quelques minutes. Je suis cuit.

Martigues veut sa revanche, il n'a pas digéré le poulpe à la sauce tomate. C'était quand même plus original et spontané que de m'enfermer dans mon bureau ! Ce mec n'a aucun sens de l'humour et cherche à nuire. Mettre en danger le patient de l'autre jour, me faire assassiner par le patron… En plus, cette matinée est importante, il le sait très bien. J'assiste le professeur Mercier sur une chirurgie de neurinome de l'acoustique, et Denis Simon, le chef de service d'O.R.L. sera présent pour le premier temps opératoire. Je ne peux pas manquer ça. S'il me cherche, il va me trouver. Surtout ne pas lui donner la satisfaction de crier et de taper sur les murs. J'évite toute occasion de susciter ce genre d'émotions chez lui. Défoncer la porte ne ferait qu'aggraver mon cas : retard, dégradations... Une idée me vient à la seconde. Et si cette enflure n'arrivait même pas à me mettre en retard ?

— Christine ? C'est Matthieu... Content que tu sois aussi matinale ! Dis-moi, en tant que secrétaire du patron, tu as bien un passe qui ouvre tous les bureaux ? C'est bien ce que je me disais... Une tablette de chocolat si tu viens m'ouvrir la porte du mien avant le staff...

Elle est curieuse, Christine, je ne vais pas m'en tirer comme ça.

— Une autre tablette si tu ne me poses aucune question.

Elle est aussi très gourmande.

Je passe la porte à 6 h 59, Mercier me salue par un hochement de tête.

— C'est vous qui prenez le bistouri, ce matin ! me glisse-t-il en passant. Vous ferez le premier temps opératoire jusqu'à la mastoïde, avant de laisser la main à Denis. J'ai vu ça avec lui, il est d'accord.

— Avec plaisir, dis-je en lançant un regard en coin à Martigues.

Tout contribue à ma bonne humeur : cette marque de confiance imprévue, l'air estomaqué du traître quand il m'a vu arriver, la petite tape bien appuyée sur son épaule. Celle qui pince en laissant l'empreinte des ongles. Victoire !

Je suis aux commandes.

— C'est bien, Matthieu, vous sectionnez le sterno-cléido-mastoïdien en arrière…

La voix sereine et posée de Denis Simon m'avait manqué. La chirurgie, pour lui, prend la forme d'une histoire qu'on raconte chapitre par chapitre. Lorsqu'une difficulté survient, il me corrige avec calme et dextérité avant de passer à l'étape suivante. « Ne jamais se précipiter, toujours anticiper », me répète-t-il tout le temps.

— Très bien ! Vous libérez la face externe de la mastoïde jusqu'au canal auditif externe. Oui, comme ça… Puis vous pourrez dégager la dure-mère de la fosse postérieure.

J'écoute Simon avec attention. Mes mains se laissent guider mécaniquement. La tête de Mercier dépasse de l'embrasure de la porte et nous interroge du regard. Il veut savoir où en est l'intervention. C'est lui qui terminera en extirpant la tumeur de l'angle ponto-cérébelleux. L'hyperactif du service, celui qui commence ses journées à cinq heures du matin, daigne attendre patiemment que je termine ma partie. Je n'en reviens pas !

— Encore quelques minutes ! s'exclame monsieur « zéro précipitation ». Matthieu se débrouille comme un chef… Tu peux venir voir si tu veux.

Je m'écarte quand les yeux plissés de Mercier s'approchent au-dessus du microscope.

— Hum… Je vois le nerf facial sous l'enclume. Parfait.

Sa remarque ajoute encore à ma bonne humeur

du jour, mais le coup de téléphone de Josic vient tout gâcher.

— Marie-Lou m'a raconté. Tu ne lui as pas dit ça quand même ? T'es con ou quoi ?

Oui, je suis con.

— …

— J'ai parfois du mal à te suivre… Tu as vraiment cru que Marie-Lou m'avait forcé à entrer à Bohars ? Sans me demander mon avis ? Je suis encore maître de mes décisions, tu sais… En plus, cet hôpital, ça fait longtemps que j'aurais dû y retourner. Elle n'a fait que m'ouvrir les portes. Elle a un passe-droit, tu savais ?

— Le professeur Machin-Chouette… Ouais, j'ai vu.

— Hubert Tournos ? C'est mon psy.

— Tu as un psy ? Première nouvelle.

— Arrête de te braquer et fais un peu confiance à Marie-Lou. À moi aussi, d'ailleurs. J'ai l'impression que tu me crois incapable de m'en sortir.

Il soupire comme s'il n'y croyait pas lui-même.

— J'ai vraiment eu peur, tu sais… Alors, laisse-la m'aider, s'il te plaît. Elle est adorable avec moi. Pour une fois que je plais à une fille…

— Tu me fais quoi, là ? Ne t'emballe pas, Jo.

— Je blague… Mais ne la délaisse pas, je vais finir par considérer qu'elle est…

Il m'énerve avec ses menaces. Je lui raccroche au nez.

Laisse-la m'aider… Comme s'il avait besoin de ma permission ! Pourquoi lui est-elle aussi vitale, à la fin ? Elle ne va pas tout régler en un coup de baguette magique : lui arracher des mains les verres qu'il engloutit, lui trouver un travail, une copine… Bref, donner un sens à sa vie. À quoi ça rime de rester croupir dans cette chambre ? N'est-ce pas reculer pour mieux sauter ? J'aurais dû le ramener de force, l'autre soir. Il m'aurait suivi sans poser de questions.

Maintenant, c'est trop tard.

Marie-Lou… J'en ai marre de ta compassion et de ton envie de sauver la planète entière. À commencer par ma mère.

16

Brigitte dans les champs magnétiques

Marie-Lou

Je traversais le parc de Bohars pour aller manger à l'internat, quand Brigitte, la mère de Matthieu, m'a appelée sur mon portable. J'avais pris l'habitude de me promener durant la pause de midi, histoire de couper complètement du service et de profiter un peu du soleil du mois d'août. J'y faisais toujours des rencontres improbables. Ce midi-là, je suis tombée sur un vieil homme coiffé d'un bob Ricard en train d'arracher les feuilles d'un buisson. M. Lelguen. J'ai tout de suite reconnu ce patient de neurologie. Il avait été hospitalisé l'hiver dernier pour un syndrome de Korsakoff et nous en avait fait voir de toutes les couleurs avec ses idées délirantes et ses phases d'agitation. Je savais maintenant où se trouvait sa résidence principale. Cela ne m'étonnait qu'à moitié.

— Bonjour, monsieur Lelguen, l'ai-je coupé dans son jardinage.

J'ai cru un instant qu'il m'avait identifiée quand il s'est mis à courir vers moi en levant les deux bras.

— Ah ! C'est vous ! Je vous attendais.

Avait-il recouvré la mémoire ? Je pensais pourtant qu'on ne guérissait pas du Korsakoff ?

— Madame la directrice ! s'est-il exclamé. J'ai des informations capitales à vous donner. Des gens à dénoncer si vous voyez ce que je veux dire…

C'est bien ce que je pensais, l'alcool et les carences vitaminiques avaient fait trop de dégâts. Ses fausses reconnaissances étaient toujours de mise. Je l'ai gentiment recadré et lui ai conseillé d'arrêter de martyriser le buisson puis j'ai continué mon chemin.

— Docteur, docteur… Laissez-moi vous dire quelque chose avant de partir.

Qu'allait-il encore inventer ?

— Savez-vous que l'alcool ne conserve que les cornichons ?

— Pourquoi vous me dites ça ?

— Comme ça.

Je suis repartie le sourire aux lèvres, il ne croyait pas si bien dire. À ce moment, le téléphone a sonné. Un numéro inconnu, une voix balbutiante presque inaudible qui n'avait pas besoin d'être présentée.

— Maaarie-Lou ? C'est Brigiiiitte…

— Ah, bonjour… Comment allez-vous ?

— Je me suis remiiise à treeembler d'un coup… C'est insuuuportable… Je ne vais pas suuuporter ça trèèès longtemps…

— Votre stimulateur s'est arrêté ?

— Je ne saiiis pas…

— On vous a remis un boîtier pour le vérifier. Vous vous rappelez ?

— Oui, j'eeen ai un, maiiis je n'ai jaaamais compriiis comment il fonctionnaiiit.

— Vous êtes où ?

— Par teeerre, dans ma chaaambre… Je suiiis tombéééе en voulant attraaaper mon tééléphone… Je n'arrive pas à me reeelever.

— Bon, j'appelle le 15…

— Non, pas le 15… Je vaiiis me retrouuuver aux urgeeences sur un braaancaaard… S'iiil te plaaaît, je prééfère t'aaattendre.

— Bon, d'accord, mais essayez au moins de vous asseoir… Je ne serai là que dans une heure, le temps de faire la route.

Le stimulateur de Brigitte a dû s'arrêter en passant dans un champ magnétique. C'est classique. Quand on prévient les familles avant l'intervention, elles pensent souvent que c'est une plaisanterie. Je leur raconte alors l'histoire du patient stimulé qui devait rallumer sa pile à chaque fois qu'il ouvrait la porte de son frigo. Il en a racheté un neuf et tout est rentré dans l'ordre. Notre environnement est rempli d'ondes de toutes sortes et il paraît impossible de les éviter. Pauvre Brigitte ! Elle était complètement paniquée. Je me souviens maintenant du jour de sa sortie de l'hôpital, elle ne m'avait pas vraiment écoutée lorsque je lui avais expliqué le fonctionnement de son boîtier. La joie de rentrer à la maison la rendait distraite et incapable de se concentrer. J'aurais dû l'informer plus longuement. Finalement, c'est un peu de ma faute.

Il va bien falloir mettre ma fierté de côté et prévenir Matthieu. Ça sera bref et concis. Ça sera froid. J'ai juste besoin d'un peu de préparation, je m'entraîne à voix haute en regagnant ma voiture. Il décroche à la première sonnerie.

— Marie-Lou ?

Sa voix est douce, j'ai l'impression qu'il attendait mon appel. Je ferme les yeux.

Froide, Marie-Lou, reste froide.

— Ta mère vient de m'appeler, elle s'est remise à trembler. Je suis partie vérifier son stimulateur.

Il répond après un temps de latence.

— Ah bon ? Plus que d'habitude ? Tu es sûre ?

Le ton de sa voix est devenu plus pressant.

— Elle ne peut pas régler ça directement avec le service de neurologie ? Je les appelle, ils la verront cet après-midi.

— Euh, elle préfère que ce soit moi… De toute manière, je suis déjà partie.

— Marie-Lou… Je t'avais bien dit que ce n'était pas une bonne idée de lui laisser ton téléphone.

— Ça ne me dérange pas. Hubert m'a dit qu'il verrait les entrées à ma place, cet après-midi.

— Franchement, ça ne me plaît pas ! Mais bon, vu que tu lui as déjà dit que tu venais… que ton pote Hubert s'occupe de tes entrées… et que tu es sur la route… je vois que je n'ai pas mon mot à dire…

Il soupire longuement. Je n'aime pas le ton de sa dernière phrase mais je ne trouve rien à répliquer. Ma gorge se serre.

— Je te rejoins à Bénodet ce soir, lâche-t-il avant de raccrocher.

Pourquoi est-il si dur avec moi ? Ce n'est pas de ma faute si Brigitte me fait confiance et ne veut pas remettre les pieds à l'hôpital ! S'il m'avait prévenue il y a quelques mois que ma patiente était sa mère, je ne serais pas devenue son interne attitrée. *Il est gonflé !*

J'ai essayé de la rappeler. Sans succès. Je sonne avant d'entrer mais elle n'est sûrement pas en état de m'ouvrir.

— Brigitte ? Où êtes-vous ? Brigitte ?

Quand je crois percevoir un petit couinement à l'étage, je me demande bien dans quel état je vais la trouver. Une boule se forme dans mon ventre. La masse de cheveux blonds qui jonche le sol me glace le sang.

— Brigitte !

Elle est allongée en chien de fusil au pied de son lit, et tout son corps est pris de tremblements intenses. Elle ne peut prononcer un mot et ses yeux écarquillés m'implorent d'arrêter son supplice.

— Où est votre boîtier ?

Elle me montre du doigt sa table de nuit et manque de s'étrangler avec sa salive. En trifouillant dans son tiroir, je continue à lui parler pour la rassurer. Je finis par trouver la télécommande sous un tas de feuilles, toujours bien emballée dans sa boîte.

Elle semble si fatiguée, la pauvre, ses mouvements sont si violents du côté droit qu'elle se cogne la jambe contre le pied de son lit. Une plaque rouge s'est formée à cet endroit. Je m'empresse de rallumer la pile d'un côté puis de l'autre. Brigitte se robotise et se calme instantanément. Vive la technologie ! Je l'allonge sur le dos et j'étends ses jambes l'une après l'autre comme un pantin articulé.

— Je vais vous chercher un verre d'eau, puis vous essayerez de regagner votre lit. Reposez-vous. Tout va bien, maintenant.

17

Le coup du rasoir

Matthieu

J'ai envie d'appuyer sur l'accélérateur et de slalomer entre les voitures. Pourquoi n'avancent-ils pas ? Partez tous en week-end, allez vous dorer les fesses sur les plages. Moi, je retourne chez ma mère. Elle ne m'a pas appelé ? Qu'importe ! J'y vais quand même. Allez ! Laissez-moi passer !

Je ne suis plus sa boule antistress, celle qu'elle malaxe, le poing serré. Non, je suis le fils ingrat. Celui qui ne vient jamais la voir et qui doit tout de même faire ses courses toutes les semaines. La trompette d'Ibrahim Maalouf résonne dans mes oreilles mais il m'en faut encore plus. Je monte le volume au maximum et je klaxonne la familiale devant moi. *Je hais les familiales !* Marre de cette saleté de maladie. Marre des appels en détresse en plein milieu de l'après-midi. Ceux qui me font comprendre que rien n'a changé depuis l'opération. Je pensais qu'elle allait avoir quelques mois de répit. Il faut croire que non.

La plaie béante est encore là. Celle qui ne cicatrisera jamais et qui lui pourrit la vie. Je klaxonne le quatre-quatre devant moi. *Je hais les quatre-quatre.*

Pourquoi l'a-t-elle appelée en premier ? Sans lui laisser d'autre choix que de tout laisser en plan pour lui venir en aide. De quel droit ? Je lui interdis de croire que Marie-Lou a signé pour cela. Je me rappelle la conversation que j'avais eue avec elle la semaine dernière. Ça n'a manifestement eu aucun impact.

— Tu as des amies pour aller faire des courses, non ? Marie-Lou n'est pas obligée de passer tout son samedi après-midi à faire les magasins avec toi. Elle a horreur de ça en plus.

— Qu'est-ce que tu insinues ? Que je la force à venir avec moi ? C'est elle qui me l'a gentiment proposé. C'est injuste ce que tu me dis.

J'avais coupé court à cette discussion ; de toute façon, cela n'aurait fait qu'empirer les choses. Ça devrait me faire plaisir, je n'arrête pas de me le répéter. *Réjouis-toi, nom de Dieu ! Ta copine dégouline de bons sentiments.*

La route me paraît interminable. Dans quel état vais-je encore la retrouver ? Personne ne répond quand je les appelle depuis l'entrée. Elles ne sont quand même pas sorties faire un tour ? Ça serait le comble. Un bruit d'eau me parvient depuis la salle de bains de l'étage. De la vapeur s'échappe de la porte entrouverte.

La vision qui suit me laisse sans voix. Je m'attendais à tout sauf ça. Ma mère, nue, enroulée dans une serviette, en train de se faire raser les jambes. Elle est avachie dans son fauteuil, les jambes tendues sur un repose-pied et sirote un grand verre de jus d'orange. Quand la reine mère m'aperçoit, elle lâche sa paille et sourit à sa complice.

— Oh, tu es venu ? Il ne fallait pas.

Elle ose, en plus.

— Pourquoi tu me dis ça ?

— Bah, parce que je me sens mieux maintenant.

— Tu rigoles ou quoi ? Tu appelles Marie-Lou en catastrophe, alors ne me dis pas que tout va bien !

— Si, si, ça va mieux… C'était un problème de piles.

L'apprentie esthéticienne lève les yeux dans ma direction, le rasoir plein de mousse à la main. Son sourire a disparu.

— Elle a raison, tout est rentré dans l'ordre. J'ai rallumé le stimulateur.

— C'est quoi, ce bordel ? C'est censé s'arrêter tout seul ? Personne ne nous avait prévenus.

— Si, on m'avait dit que cela pouvait arriver, ajoute Brigitte en couinant. J'ai d'ailleurs un petit boîtier avec moi pour le rallumer.

— Et ? Pourquoi tu ne l'as pas utilisé ?

— Il est dans le tiroir de ma table de nuit. Je n'ai jamais vraiment compris comment ça fonctionnait.

— Pff… T'aurais pu m'en parler ! Je t'aurais expliqué. C'est bien toi. T'attends toujours qu'il y ait une complication pour te réveiller.

— Arrête, Matthieu, ne sois pas trop dur avec ta mère.

Je déteste quand elle fronce ses sourcils. De quel droit

me juge-t-elle ? Elle ne sait rien de notre histoire, elle n'a pas à s'en mêler.

— Je lui parle comme je veux, d'accord ? Pourquoi les piles s'arrêtent d'un coup, il y a eu un court-circuit ?

Marie-Lou pose le rasoir sur le lavabo d'un geste mal contrôlé et me regarde d'un air maussade.

— Oui, Brigitte a dû passer dans un champ magnétique. On peut en trouver partout. En ouvrant la porte du frigidaire, par exemple…

— Tu te fous de moi ou quoi ?

— Non, pas du tout… Change de ton, s'il te plaît.

— Mais comment veux-tu que je me calme ? Vous promettez la lune avec vos électrodes et le courant s'arrête en ouvrant la porte d'un frigo ? Tu trouves ça normal, toi ? Comment veux-tu qu'elle appuie sur les boutons de ce putain de boîtier quand elle est prise de tremblements ? Elle habite seule, t'as oublié ? Faut faire quoi pour éviter ça ? L'enfermer dans une cage de Faraday ?

— Arrête de t'énerver… Tu sais quel est ton problème ? Tu es incapable de dire merci. Non, tu paniques et tu dis n'importe quoi ! Désolée, Brigitte, je m'en vais. Vous avez bien fait de m'appeler. Ne laissez pas Matthieu vous faire penser le contraire. Je reviendrai pour vous montrer calmement comment fonctionne votre boîtier.

Je détourne le visage lorsque la petite sainte aux taches de rousseur me jette un dernier regard plein de reproches. Elle et ses collègues neurologues me mettent hors de moi. Comment peut-on être aussi stupide pour inventer un truc pareil ? La vie de ma mère n'était pas assez compliquée comme ça, maintenant il va falloir qu'elle évite les champs magnétiques ! En m'affaissant sur la chaise en rotin du couloir, je l'entends craquer. Si les yeux de Brigitte pouvaient me lancer des éclairs, je brûlerais vif, la chaise avec. Son silence en dit long, je la connais.

— Bon, ça ne doit pas être sorcier, le fonctionnement de ce boîtier… Pourquoi tu pleures ? Tout est fini. On va trouver une solution pour que cela n'arrive plus.

Je déplie la notice sur la table du salon, en poussant les albums photo.

— Alors, si on appuie sur le bouton « ? », il nous indique que le stimulateur est bien en marche…

Elle reste figée sur son fauteuil et regarde dans le vide. Mes explications ne semblent pas la concerner. J'élève la voix pour la faire réagir.

— Sur le « ON », on le rallume… Et tu ne me croiras jamais… Sur le « OFF », on l'éteint… Trois boutons. TROIS !

Elle a toujours été hermétique aux nouvelles technologies. Aucune installation informatique n'a sa place chez Brigitte Kerlau. Pas d'ordinateur, pas de télévision. Jusqu'à la machine à café qui est manuelle. La petite cafetière italienne qu'on pose à même la plaque et qui déborde si on la laisse une seconde de trop. Mes inquiétudes de l'été dernier me reviennent comme un boomerang, j'avais espéré que cette stimulation nous donnerait un peu de répit. Est-elle vraiment capable de rester toute seule à la maison ? Elle est têtue comme une mule et n'accepte jamais d'aide.

— J'arrive, je vais sonner chez le voisin…

— Ah ? Pourquoi ? s'inquiète-t-elle.

— Je vais lui faire un cours sur la stimulation dans le Parkinson et l'intérêt de maîtriser le maniement de ce boîtier.

— Tu ne vas pas alarmer tout le voisinage quand même ! Ça me gêne.

— Tu ne me laisses pas vraiment le choix. Si ça s'arrête une nouvelle fois, comme ça, tu pourras appeler le voisin. Il ne bouge jamais de chez lui, de toute façon, et est toujours ravi de pouvoir rendre service.

Avant de partir, je m'assure qu'elle est bien couchée. Elle me regarde avec ses grands yeux bleus fatigués comme si elle mourait d'envie d'ajouter quelque chose. Je sais ce qu'elle retient depuis tout à l'heure et la questionne en levant la tête.

— Dis-le… Je sais très bien ce que tu penses.

— Tu t'excuseras auprès de Marie-Lou, soupire-t-elle. Hein ? Fais-le pour moi.

— Voilà, j'en étais sûr ! On y arrive… Mêle-toi de ce qui te regarde, pour une fois.

— Pff… Quand tu es comme ça, tu me fais penser à ton père. C'est fou ce que tu lui ressembles !

— Le portrait craché, c'est ça ? Qu'est-ce que vous avez, tous ? Tu sais, je m'en fous. Tu peux essayer de me faire mal, tu n'y arriveras pas ! Ce con, il s'est barré. Volatilisé ! Même son frère Charlie n'a plus de nouvelles. T'entends ? Moi, je suis tout le temps là pour toi. Alors si tu ne t'en rends pas compte, tant pis pour toi ! Fais chier, bordel !

Elle se remet à pleurer. C'est elle qui l'a cherché.

— Je ne parle pas du fait que tu es là pour moi. Ça, je le sais… Je veux parler de la manière dont tu te comportes avec Marie-Lou. Ton exigence, ton égoïsme. Elle est trop gentille pour toi, tu vas la détruire.

— Tu réalises ce que tu me dis ? *J'accuse le coup.* Le monstre en a assez entendu. Je me casse… Ciao.

Je claque la porte en sortant et fais crisser mes pneus sur les graviers de l'allée. C'est elle qui va me détruire.

Une phrase… Une phrase qui ne passe pas. Elle résonne dans ma tête sans discontinuer. Elle a ce pouvoir-là, ma mère, et elle le sait.

« Elle est trop gentille pour toi… Trop gentille… Gentille… Tille… E. »

On peut l'entendre de deux façons, soit elle la prend pour une niaise, soit elle me prend pour un goujat. Je déteste les deux interprétations, de toute façon. Je me fais klaxonner par une berline en arrivant au port du Moulin-Blanc. Quoi ? Oui, je conduis à deux à l'heure… Et alors ? Je réfléchis, j'ai bien le droit. *Je hais les berlines.*

18

L'histoire du Mentos et du Coca-Cola

Marie-Lou

Comment étais-je rentrée de Bénodet sans avoir eu d'accident ? La pluie tombait à verse sur le pare-brise. Les larmes coulaient à flots sur mon visage. Deux écrans qui me barraient la route. C'était couru d'avance. Pourquoi ne m'en étais-je pas rendu compte avant ? J'aurais dû le pressentir dès le début. Sa relation avec sa mère ne me laissait aucune place. Comme si l'angle du triangle était un peu trop aigu pour moi. Je n'avais même pas le droit de m'approcher de Brigitte sinon il sortait les griffes. C'était couru d'avance. Celle-ci m'avait prévenue quelques semaines auparavant. Je n'avais pas compris sur le moment. Pourquoi Brigitte m'avait-elle sorti cette phrase aussi méchante sur un ton amical ?

— N'attends pas trop de lui.

Elle venait de me demander de lui coiffer ses cheveux. J'étais restée avec la brosse en suspension et m'étais demandé si j'avais bien entendu.

Je n'avais pas aimé ma réaction. Celle de me précipiter au comptoir du *Gobe-mouches* et d'enchaîner les verres. C'était plus fort que moi. Étais-je en train de sombrer comme l'avait fait Mme De Pommerol ? Je ne croyais pas avoir ce rapport à l'alcool mais je m'étais bien gardée de refuser les deux verres que m'avait servis Yvonne, coup sur coup. Je voulais surtout éviter de rentrer à l'appartement et de tomber sur Anna. Pas envie de côtoyer une Madec, même si elle n'y était pour rien. En fait, si. Tout était à cause d'elle. Je n'aurais jamais connu Matthieu si elle n'avait pas eu la mauvaise idée d'être sa cousine.

Je fixais mon verre, perdue dans mes pensées, sans prêter attention au touriste anglais assis à côté de moi. Sans même remarquer qu'il s'apprêtait à tomber de son tabouret, le ventre rempli de bière. Yvonne l'avait rattrapé par le fond du pantalon et l'avait rassis d'un coup sec.

— J'ai relevé Josic plus d'une fois de cette manière, m'avait-elle dit fièrement, le sourire aux lèvres. Sans compter les fois où je l'ai ramené jusqu'à la porte de son appartement.

Je n'avais pas aimé la comparaison. Je n'avais pas aimé le ton. Je n'avais pas aimé le contexte. Bref… J'avais aboyé. Étaient-ce les mystérieux ingrédients contenus dans le « Gobe-mouches » qui m'avaient ainsi délié la langue ? Étaient-ce les propos vulgaires d'Yvonne qui m'avaient mise hors de moi ? Bref… J'avais aboyé. La tenancière, surprise, n'avait trouvé aucune repartie. Le V de ses gros sourcils m'avait dissuadée d'en rajouter et j'avais profité de ce temps de latence pour déguerpir.

— Eh bien, Josic, tu en fais une tête !

Mon ami est assis près de la fenêtre, la tête penchée en avant, le menton reposant au creux de son cou. De grands cernes teintent son visage, et ses cheveux glissent sur ses épaules comme des spaghettis *al dente.*

— Ouais, j'ai mal dormi. À force d'être enfermé, je cogite trop.

— On va bientôt te libérer, à ce qu'on m'a dit… Dans dix à quinze jours, non ?

— Il faudrait d'abord que j'arrête de trembler.

Il me tend ses mains. L'extrémité de ses doigts danse sous mes yeux comme les vibrations d'un marteau-piqueur.

— Sois patient, ces trémulations sont des signes de sevrage. Elles vont s'atténuer avec le temps. Les prises de Valium ne font pas effet ?

— Si… Mais j'ai vraiment l'impression de passer d'une drogue à une autre. Ça ne va jamais s'arrêter.

— Hé ! C'est quoi, ce coup de mou ? Bien sûr que si, tu vas y arriver ! Tu as fait le plus dur… Hubert te dirait la même chose.

— Hubert ? Vous vous êtes rapprochés, à ce que je vois.

— Oui, c'est vrai. On s'entend bien. Cet homme est étonnant et extrêmement bienveillant. Je suis contente que ce soit lui qui te prenne en charge.

— Dis-moi… Tu ne couches quand même pas avec ?

— T'es con !

S'il continue ses blagues pourries, c'est qu'il ne va pas si mal.

Je m'allonge sur son lit et commence à feuilleter un de ses magazines. Un de ceux dont il découpe les images. J'aperçois le plafond à travers. Du vrai gruyère.

— Bon, à part ça, raconte-moi ce qui te préoccupe.

— Comme à mon psy ?

— Non, bêta, comme à une amie. Sincère et dévouée. Tu le sais bien, en plus.

— Une amie qui ose affronter Yvonne pour plaider ma cause ?

Je m'étonne qu'il soit déjà au courant.

— Figure-toi qu'elle s'est empressée de m'appeler pour me le dire, ajoute-t-il.

— Arrête, j'ai honte. Je ne sais pas ce qui m'a pris. Dans ce cocktail, il doit y avoir une substance que je ne supporte pas. Une parmi les sept produits miracles… Désolée, Josic, je suis en train de te parler d'alcool.

— T'inquiète pas ! Au contraire, je me rends compte que ça ne me donne même plus envie…

— Tu vois, tu progresses !

— En tout cas, cet insecticide ne me manque vraiment pas. Elle met de l'absinthe, c'est sûrement ça qui t'est monté à la tête.

— De l'absinthe ? J'ai dû perdre quelques neurones alors ! Tu m'aurais vue. Je me suis vraiment énervée.

— C'est possible, ça ? La Marie-Lou que je connais ? J'aurais bien aimé être là.

— L'absinthe, Josic… Je lui ai craché dessus. J'y

suis allée un peu fort tout de même… Jusqu'à l'accuser de t'avoir soûlé du matin au soir et d'avoir empoché toutes tes allocations à la fin du mois.

— Je suis majeur et vacciné, ma belle. Si elle ne m'avait pas servi, je serais allé voir ailleurs… Dis-moi, tu comptes aussi t'attaquer aux buralistes qui vendent des cigarettes aux fumeurs ? Aux fast-foods qui continuent à servir les gros ?

— Arrête ! Je sais. J'ai été injuste. Je n'ai simplement pas aimé le ton…

— C'est tout le problème avec Yvonne… Elle a son art et sa manière, à elle… C'est rarement adapté et toujours dénué de délicatesse.

Les propos de Josic me font sourire, mais mon ami, lui, rit jaune. Il attrape les accoudoirs dans ses mains et les serre fort comme s'il voulait se retenir à une bouée.

— Quand je repense au *Gobe-mouches*, à Yvonne… je ne pourrai plus y remettre les pieds, c'est trop douloureux.

— Rien ne t'y oblige.

— J'ai fait un rêve, la nuit dernière. Comme quoi, ça m'a travaillé, ton histoire. Yvonne m'avait ligoté au comptoir, elle avait un gros entonnoir en plastique et me le fourrait dans le gosier. J'avais beau me débattre, ses doigts boudinés m'étranglaient de plus en plus.

— J'ai bien fait de lui dire ses quatre vérités alors, dis-je en rigolant.

— Tu ne devineras jamais ce qu'elle mettait dans l'entonnoir… Elle me faisait boire du Coca-Cola light, puis elle me vidait une boîte de Mentos dans la bouche. Elle les poussait un à un avec ses gros doigts pour qu'ils passent dans le trou.

Je grimace en imaginant la scène.

— Quand un geyser est ressorti de ma bouche, tout le monde s'est mis à rire autour de moi. Je me suis réveillé avec le rire strident d'Yvonne. Mes draps étaient trempés.

— Une bien étrange histoire. Les rêves nous dévoilent tellement de choses… Le pire, c'est qu'on l'aime bien, notre Yvonne, même sous ses airs de vieille sorcière.

La porte s'ouvre sans même que nous ayons entendu frapper. Matthieu entre en trombe et suspend son élan dès qu'il m'aperçoit allongée sur le lit. Son sourire s'évanouit. Il paraît surpris de me voir. Son regard sombre passe de Jo à moi en une fraction de seconde. Je me lève d'un bond sans trop comprendre ce qui me pousse à le faire. Sans doute la façon dont il me dévisage, ses yeux tristes et blessés à la fois.

— O.K., je vois, murmure-t-il en baissant la tête.

— Tu vois quoi ?

J'ai crié comme si ça pouvait le retenir. J'ai même couru dans le couloir.

— Tu vois quoi, à la fin ?

Trop tard, il s'est déjà volatilisé. J'entends le claquement de ses tongs dans les escaliers. Pourquoi réagir comme ça ? De façon si impulsive, si précipitée sans même vouloir discuter. Pourquoi me déclarer la guerre ? Sans raison. Sans me laisser riposter. Jo me questionne du regard, la bouche ouverte. Il n'a manifestement rien compris. Moi non plus, d'ailleurs.

— T'inquiète pas, Jo… Si Matthieu a décidé de tout mal interpréter, c'est son problème.

— Tu crois qu'il a… Enfin, je veux dire… Entre toi et moi… Tu crois qu'il a…

Je cale mon dos au mur et m'accroupis, la tête recroquevillée sur mes genoux. La situation s'envenime et m'échappe complètement. J'éclate en sanglots sans retenue. C'est tellement injuste. Pourquoi me faire autant de reproches ? Si soudainement… Alors qu'il venait de m'envoyer des signaux contraires quelques jours auparavant. Le rocher de l'anse Saint-Nicolas.

Ne me dis pas que j'ai rêvé ! N'était-ce que du vent ? Suis-je comme les autres à tes yeux ? Une conquête, une de plus. Rien de plus.

Jo s'est levé du fauteuil puis s'est accroupi à son tour, près de moi. Il me caresse les cheveux doucement.

— Désolée, Jo, ce n'est pas de ta faute. Je gravite un peu trop près de toi. Il n'a pas aimé. Un peu trop près de sa mère aussi… Il ne supporte rien en ce moment, de toute façon.

Jo reste silencieux. Les tremblements de ses doigts ont repris de plus belle depuis tout à l'heure et me chatouillent le sommet de la tête. Je continue à penser tout haut, le menton calé sur mes genoux.

— Il a changé depuis ce dîner de famille. Les propos de Charlie… Depuis ce plateau d'araignées… Encore une histoire d'araignées, Jo…

Je sens sa main de plus en plus hésitante. Le pauvre,

je suis en train de l'embrouiller avec mes divagations. Ses doigts se soulèvent comme s'ils craignaient le contact désormais. Comme s'ils avaient quelque chose à se reprocher. Matthieu aurait-il réussi à créer un malaise entre nous ? Une ambiguïté qui n'a pas lieu d'être ? Il n'avait pas le droit de faire ça. Ni à Jo, ni à moi. Je lui en veux tellement en ce moment. Pourquoi complique-t-il toujours tout ?

J'entends Jo s'éloigner doucement, s'asseoir sur son fauteuil et reposer ses mains sur les accoudoirs. Mes sanglots s'estompent, le silence nous enveloppe. Il n'y a plus rien à dire. Je reste dans cette position sans bouger jusqu'à ce que les fourmis gagnent mes jambes et m'anesthésient les pieds. Jusqu'à ce que je me décide enfin à partir.

19

La lettre empoisonnée

Matthieu

Mon portable n'arrête pas de vibrer dans ma poche depuis le début de mes consultations. C'est Jo. Pour la quinzième fois. J'aurais dû l'éteindre une bonne fois pour toutes. Je sais très bien ce qu'il va me dire. Que je suis un con. Depuis quelques jours, c'est toujours la même rengaine. C'est spontané, c'est franc. C'est Jo. J'assume. Mais pas au milieu d'une consultation.

L'homme qui s'avance vers moi semble se porter à merveille. Ça fait plaisir. Je savais qu'il s'était bien remis de l'intervention. Qu'il était vite rentré chez lui sans aucune séquelle. De le voir ainsi arriver sur ses deux pieds, c'est indescriptible, cela paraît relever du miracle. Thomas Bruchec. Son visage m'est familier, il n'y a pas à dire.

Il regarde avec insistance le badge accroché à la poche de ma blouse avant de me tendre la main chaleureusement.

— Matthieu ? Matthieu Madec ? Je me disais bien que c'était toi !

Je marque un temps d'arrêt. *Pourquoi tant de familiarité ?* Il voit que j'ai besoin d'explications.

— Thomas Bruchec… Tu m'as ouvert le crâne, il y a quinze jours…

— Oui. Je me souviens très bien de vous…

— C'est fou, il va falloir que je raconte ça à Yann ! Il n'en reviendra pas. Opéré par son fils… Incroyable ! Le monde est petit quand même. *Je recule d'un pas.* J'ai tant changé ? Faut dire, on ne s'est pas vus depuis au moins quinze ans ! Peut-être plus… Tom… Le copain de fac de ton père ! Ça ne te dit rien ?

Tom ? Mais oui, bien sûr !

— Excuse-moi. Je me disais bien que je connaissais ton visage.

Comment ne l'ai-je pas reconnu ? Je me souviens, maintenant. Je l'adorais. À l'époque où mon père était encore à la fac de médecine, il habitait l'appartement d'à côté. Ils se voyaient tout le temps. Pourquoi se sont-ils perdus de vue quand on a déménagé à Bénodet ? Alors qu'ils étaient si proches ? Je n'ai jamais vraiment compris. Y a-t-il quelque chose à comprendre, d'ailleurs ? La routine d'une petite vie de famille devait être à mille lieues des aspirations de Tom, l'aventurier. L'idole de mon père, mon idole par la même occasion. Je me rappelle, ils n'arrêtaient pas de se faire des blagues. C'était la surenchère. À qui piégerait l'autre le premier. Les boules puantes dans le coffre de la voiture en revenant de la plage, les crottes de chien dans les grilles d'aération, les canulars téléphoniques… Tom, le carabin. Celui qui m'a initié à l'humour scatologique. Le maître en la matière ! Et dire qu'il a failli mourir, il y a quelques jours ! Que sa vie était entre mes mains ! À cause de Martigues et ses états d'âme !

Pourquoi se met-il à me dévisager comme si j'étais Dieu sur terre ?

— En sortant de l'hôpital, je n'ai pas pris le temps de te remercier.

— Ce n'était pas la peine…

— Si j'avais su que c'était toi… Matthieu… Ça me fait tellement plaisir de te revoir ! J'aurais préféré d'autres circonstances. Mais ainsi va la vie. Pleine de coïncidences… *Il soupire.* Des chemins qui s'éloignent et se croisent à nouveau… Yann t'a donné des nouvelles de la Réunion ?

— Pas vraiment, dis-je en baissant la tête.

— Ah…

Les regrets se lisent sur son visage. Des regrets mêlés de tristesse. Mon haussement d'épaules lui fait comprendre que je me suis fait une raison. Je ne veux même pas savoir si lui-même a des informations sur mon père.

— Tu lui ressembles tellement.

Encore la même rengaine. Je secoue la tête en soufflant.

— Ton père est un type génial, Matthieu. Tu peux être fier de lui. Ne laisse personne te faire penser le contraire, tu entends ?

Le ton de sa voix vient de changer. Plus précipité, plus insistant. Plein de sous-entendus. Est-ce vraiment le moment pour épiloguer sur mon père ? J'ai l'intime conviction qu'il le connaît mieux que moi. Que cherche-t-il à me dire ?

J'aimerais que cette consultation s'éternise. Peu importe si la salle d'attente est pleine à craquer. Mon examen neurologique se veut exhaustif. Autant pour gagner du temps que pour me rassurer. Ses réflexes sont bien symétriques – ni trop vifs, ni trop faibles. Ses pupilles se dilatent dans l'obscurité et se contractent en passant sous la lampe. Ses extrémités sentent parfaitement les vibrations de mon diapason. Ses cicatrices sont propres. Encore un peu croûteuses. Je ne peux m'empêcher d'inspecter sa démarche en le regardant s'éloigner. Pas de troubles de coordination, pas de déficit moteur. Non, tout va bien : ses bras se balancent normalement et symétriquement. Rien ne laisse supposer que je viens de lui ouvrir le crâne. C'étaient ses mots à lui et ça l'a amusé, comme si c'était naturel. S'il savait ! Cette nuit de garde reste mon pire cauchemar.

— Tiens, je te donne mon numéro de téléphone. Appelle-moi un de ces jours, on ira se prendre un verre… Je ne te parlerai plus de ton père, c'est promis.

Je lui souris.

— Tu as des cartes de visite, maintenant ?

— Ouais… C'est pratique en soirée ! Les filles en raffolent…

— Je vois que tu n'as pas changé de ce côté-là…

Tom éclate de rire. Avant de disparaître au fond du couloir, il prend le temps de me scruter une dernière fois. Les souvenirs se bousculent dans nos têtes comme les pages d'un album photo. Il sait très bien que je ne l'appellerai pas. Cette nostalgie ne me quitte pas quand je rentre au port, ce soir-là. Si la vie pouvait rester à l'échelle d'un enfant de cinq ans. Comme un arrêt sur image. Il est loin, le temps des boules puantes…

C'est dans cet état d'esprit que je trouve l'enveloppe sur le pont du bateau. Le facteur avait pris soin de la coincer au niveau de la trappe pour éviter qu'elle ne s'envole. Je reconnais son écriture entre mille : lettres étirées et penchées vers la droite, gouttes d'encre à la fin de chaque mot. Il n'a rien écrit au dos, même pas laissé une adresse. Seul le tampon sur le timbre me confirme qu'elle vient bien de la Réunion. Encore une drôle de coïncidence. Tout me ramène à lui en ce moment. Les paroles gênées de Charlie me reviennent, la tristesse dans le regard de Tom, et le malaise grandit. Écume le sent et se met à aboyer. Cette lettre, si je ne la tenais pas serrée entre mes doigts, il se ferait une joie de la déchiqueter. Je glisse contre le mât et m'assois pour l'inspecter. Mon chien la repousse de la tête et vient poser son museau sur mes genoux.

S'il m'écrit, c'est que l'heure est grave. Je le devine à travers l'enveloppe, les mots sont tristes et désespérés. Je n'ai tout à coup plus envie de l'ouvrir. Et s'il l'avait postée avant de faire une connerie ? Comme un testament en quelque sorte. Je ne sais pas combien de temps je reste dans cette position sans bouger. Il fait bon, ce soir ; la lumière rasante du coucher de soleil vient m'éblouir et fait rougir le papier. Je décide alors de rentrer dans mon antre et de m'y terrer jusqu'à demain. Je glisse l'enveloppe sous la table à cartes hors de portée. Cette lettre empoisonnée, je la lirai plus tard – ou pas. Finalement, qu'est-ce que ça change ? À part me compliquer la vie encore plus. Il a choisi de disparaître. Alors qu'il reste où il est. Il n'existe plus pour moi. Dans la famille « bancale et névrosée », je demande le père ! Par le hublot, le pêche-promenade ondule au rythme des vagues, accroché à sa bouée, et me paraît si stable. Pourquoi chez les Madec, tout est bancal ? Prêt à chavirer ?

Je passerais bien toutes mes soirées du mois d'août dans l'eau à attendre les vagues jusqu'au coucher du soleil. En ce jeudi après-midi, je peux les attendre longtemps. La mer est calme et paisible. Pas assez de reliefs pour moi. Seules quelques vaguelettes qui déroulent tranquillement sur plusieurs mètres jusqu'au rivage. L'occasion pour Écume de courir devant elles en éclaboussant les baigneurs au passage. Les mères de famille m'assassinent du regard quand il a le malheur de passer trop près de leurs chérubins. Ce chien ? Non, je ne le connais pas. Il n'est pas à moi. J'observe le spectacle de loin, assis sur mon rocher. J'ai apporté quelques articles pour ma thèse que je feuillette sans conviction. C'est à ce moment que je la repère. L'apprentie surfeuse. Elle vient d'entrer dans l'eau dans sa combinaison trop grande, ses cheveux noirs noués au-dessus de sa tête. Elle qui ne voulait même pas plonger un seul orteil en débarquant à Brest, la voilà trempée de la tête aux pieds ! Son corps élancé oscille à la recherche du point d'équilibre comme une quille qu'on vient de percuter. C'est drôle, ses grands bras s'agitent dans tous les sens, puis c'est la chute, à tous les coups.

20

Je vous jure, docteur…

Marie-Lou

Si Écume ne m'avait pas rejointe dans l'eau et attrapée par la manche de ma combinaison, je n'aurais pas remarqué la présence de Matthieu sur la plage. Assis sur son rocher, il assistait sans bouger à l'opération de sauvetage orchestrée par son chien. J'étais peut-être un peu gauche sur mon surf, mais je savais quand même nager.

— Lâche-moi, espèce de pot de colle.

Ce bon toutou ne semblait pas le voir sous cet angle et s'évertuait à me ramener sur le sable.

— O.K., O.K., je te suis. De toute façon, je n'arrive à rien, aujourd'hui.

J'ai entendu son maître éclater de rire devant tant de détermination et d'obstination. Celui que je prenais soin d'ignorer.

Il ne m'a pas quittée des yeux quand je suis remontée de la plage. M'étais-je assez méfiée de ce regard enjôleur qui effaçait tout sur son passage ? Celui qui m'attirait comme un aimant. J'y ai décelé une pointe d'amusement. Était-il en train de se moquer de moi? J'aurais pu passer devant lui sans m'arrêter, le snober comme il se devait, mais Écume en avait décidé autrement et me tirait vers lui en serrant le leash de mon surf entre ses dents.

— Tu te débrouilles, c'est bien… Tu as même réussi à faire deux ou trois take-off.

— Merci… Je ne sais pas ce que ça veut dire, mais apparemment, c'est un compliment.

— Oui. Ça signifie que tu t'es mise debout.

Je pensais qu'il me parlerait de l'autre soir, de son accès de colère, du professeur Machin-Chouette, de Josic… Non, juste quelques commentaires sur ma planche de surf:

— Une Mini-Malibu, c'est bien pour débuter.

À la place des excuses, j'ai eu des considérations sur l'état de la mer.

— Les conditions étaient parfaites pour toi: des vagues qui déroulaient proprement.

J'ai acquiescé sans dire un mot. Ma gorge s'est nouée. Le fait de le revoir. Son indifférence joyeuse, son regard moqueur. Je n'étais rien pour lui. Mon sort était réglé. Rien qu'une vulgaire copine. Une débutante. Ô combien ridicule dans sa combinaison taille XL prêtée par sa géante et aimable cousine! Pour ne rien arranger, mes cheveux ruisselaient sur mon front comme une serpillière. J'espérais qu'ils fassent diversion, qu'ils masquent un peu les larmes qui stagnaient au coin de mes yeux. Comment était-il capable de me faire aussi mal ? Sans rien dire de désagréable ? Après tout, il m'avait juste parlé de météo. Pourquoi engendrait-il chez moi des réactions aussi viscérales ? Celles qui vous tordent de l'intérieur et vous empêchent de respirer ? Pourquoi étais-je prisonnière de ce corps animal bourré de phéromones ? Celui qui me laissait sans voix au bord du précipice. J'ai cherché des yeux un bout de rocher auquel me raccrocher. Il n'arrêtait pas de sourire – cette fossette qui se jouait de moi – pendant que mes pieds se tortillaient nerveusement en creusant le sable. Ne trouvant aucun point d'attache sur la roche, j'ai fini par baisser la tête. Pourquoi prolonger ce moment ? Ces discussions surréalistes ? J'ai pressenti qu'il allait me parler de l'état du ciel ou bien de la force du vent. Alors, j'ai retiré le leash de mon surf d'entre les dents d'Écume et j'ai continué mon chemin vers ma voiture. Le labrador m'a suivie en sautillant, tout en quémandant quelques caresses.

— Tu vas où comme ça ? m'a crié Matthieu.

— À Bohars… Je suis de garde ce soir.

En me retournant, son regard avait changé. Sa fossette avait disparu.

— Et tu comptes emmener mon chien ?

Je suis partie en haussant les épaules.

— Je vous jure, docteur, on aurait dit qu'il était possédé par le diable. C'était effrayant.

Cette garde s'annonce épique. Après les délires mystiques de Marion Latouche et sa fugue dans le parc, voilà maintenant que le malin s'en mêle. Cette femme déambulant dans la salle d'attente est manifestement en pleine panique. On m'avait annoncé un jeune patient de dix-sept ans, je me retrouve à m'occuper de sa mère.

— Le diable ? C'est-à-dire ? dis-je calmement.

— Ses yeux tournaient dans tous les sens. Il poussait des cris de bête sauvage et voulait tout casser… Il a balancé toutes les chaises contre le mur et a vidé le vaisselier.

— Quelque chose l'a contrarié ?

— Ben non… C'est justement ce qu'on ne comprend pas. Il était en train de regarder un match de foot à la télé avec son père et s'est levé brusquement. Lorsqu'il s'est mis à pousser un cri rauque, on s'est tous retournés. Puis il m'a regardée. Enfin non… C'était comme s'il ne me voyait pas. Ses yeux étaient grands ouverts pourtant. C'est seulement après qu'il s'est jeté sur tout ce qui lui passait sous la main, j'ai juste eu le temps de me réfugier sous la table.

— Ça lui est déjà arrivé des accès de violence pareils ?

— Jamais… Au grand jamais ! Martin est tout l'inverse d'habitude. Il faudrait un tsunami pour qu'il lève le nez de sa télé, le samedi soir. Ah les ados, vous savez ! On aimerait bien qu'il s'énerve un peu plus de temps en temps, surtout pendant ses contrôles de maths. Non vraiment, docteur, il s'est passé quelque chose d'anormal : un court-circuit, un bug. J'ai tellement peur que cela se reproduise.

— C'est vraiment étonnant, votre histoire. Combien de temps a duré la crise ?

— Cela m'a paru une éternité, mais ça n'a pas duré

très longtemps : deux, trois minutes maximum… Quand il s'est calmé, il m'a juré qu'il ne se rappelait rien et il se sentait très fatigué. Il m'a même demandé pourquoi le salon était dans cet état. J'ai cru qu'il se moquait de moi. Je n'avais pas envie de rire.

— Hum…

— Ne le gardez pas en psychiatrie, docteur… Martin n'est pas fou ! Les doubles personnalités, les Docteur Jekyll et Mister Hyde, ça n'existe pas, hein ? Uniquement dans les livres ?

Je réfléchis quelques secondes avant de lui répondre. Le regard dans le vide. L'amnésie des faits. La sensation de grande fatigue. Tous ces indices m'orientent plutôt vers une cause neurologique que psychiatrique.

— Qu'en pensez-vous, docteur ?

— Comme vous l'expliquez très bien, l'hypothèse du court-circuit paraît la plus probable.

— Vous êtes sérieuse ?

— Oui, cela ne ressemble pas à un accès de violence volontaire et délibéré. Je crois vraiment qu'il n'en a pas eu conscience.

— Comment est-ce possible alors ?

— Votre description me fait penser à une forme rare de crise d'épilepsie.

— De l'épilepsie ?

— Oui, si la crise reste localisée au niveau d'une région du cerveau. Le lobe frontal, par exemple.

— Mais pourquoi il commencerait une épilepsie maintenant ? En plus, une forme rare ? C'est grave, docteur ?

Que répondre à ça ? Comment être rassurante tant

qu'il n'a pas eu d'imagerie cérébrale ? S'il existe une tumeur qui provoque les crises, ça peut être inquiétant. Je peux juste lui dire que je ne crois pas au diable et aux histoires de possession. Pas la peine de contacter le rebouteux, ni l'exorciste. Juste le radiologue de garde de la Cavale Blanche pour négocier l'examen. Il va me prendre pour une illuminée avec mon histoire. Tant pis.

Je n'ai pas dormi lorsque le jour se décide enfin à se lever. Le scanner a tranché. En neurologie, on se passe difficilement de son verdict. Il nous surprend quelquefois. Avec l'envie de revenir en arrière comme quand on regarde un film et qu'on n'aime pas la fin. Envie de recommencer l'examen. Une tumeur ? Ce n'est pas possible ! Martin Beaulieu a une tumeur. Cinq centimètres de diamètre. La taille d'une mandarine. C'est gros dans un cerveau. La boîte crânienne a bien du mal à lui faire de la place. J'ai dû le lui annoncer ainsi qu'à sa mère. C'est difficile d'annoncer une image dès lors qu'on n'a pas vraiment le diagnostic. Le scanner a ses limites.

Serai-je un jour assez solide pour laisser les mauvaises nouvelles dans un coin de ma tête ? Passer à autre chose ? Dormir, par exemple ? Je n'ai pas pu. Je suis restée dans le salon de l'internat à cogiter, ruminer toute la nuit. Qu'allait devenir ce petit diable ? Celui qui préférait regarder les matchs de foot le samedi soir plutôt que réviser ses leçons. Quoi de plus normal pour un garçon de dix-sept ans ? Il n'avait rien demandé et ça lui tombe dessus. Il n'est pas question que je rentre chez moi avant de clore ce dossier. Je ne peux pas le laisser dans ce lit de psychiatrie. Je ne peux pas.

La voix de la standardiste de l'hôpital succède à la musique classique.

— Bonjour, pourrais-je avoir l'interne de neurochirurgie de garde, s'il vous plaît ?

Je n'espère qu'une chose : que ça ne soit pas Matthieu. Faites que ça ne soit pas lui ! Pas envie d'avoir à lui demander quoi que ce soit. Je tape du pied nerveusement en attendant qu'on transfère mon appel. Et si c'était lui de garde ? Suis-je vraiment capable de lui parler ? À distance, avec la barrière du téléphone, il ne devrait pas y avoir de phéromones, non ? On n'est pas des bêtes, quand même. J'ai besoin de me le répéter. Calme-toi, Marie-Lou. D'ailleurs, en ce moment, tu n'es pas Marie-Lou mais une interne qui veut un avis. Laisse de côté tout le reste ! Ce qui compte, c'est la tumeur de Martin Beaulieu et rien d'autre.

Je tressaille en entendant la voix grave et veloutée au bout du fil.

21

Un petit tour en fenwick

Matthieu

— Bonjour. Je suis interne en psychiatrie et je t'appelle…

— Marie-Lou ?

Si elle croit que je ne l'ai pas reconnue…

— J'aimerais que tu présentes un de mes patients au staff, demain matin. Tu peux regarder les images du scanner si je te donne son nom ?

— Martin Beaulieu, dix-sept ans. Je suis déjà au courant… Le radiologue m'a même raconté ton histoire de diable. J'ai tout de suite su que c'était toi.

— …

— Ça ressemble à une tumeur gliale du lobe frontal. Je lui ai programmé une I.R.M. pour en savoir plus. Marie-Lou ? Tu es toujours là ?

— Oui.

— Si tu veux, tu peux prévoir son transfert cet après-midi dans mon service. Il n'a a priori rien à faire en psychiatrie.

— Je suis d'accord. On ne maîtrise pas encore l'exorcisme à Bohars.

— Il faut être chirurgien pour prétendre à ça…

— …

Elle n'a pas envie de rire, on dirait.

— Dis-moi… C'est une collaboration neurochirurgico-psychiatrique des plus efficaces, tu ne trouves pas ?

— Au revoir, Matthieu.

Hugo vient de me tomber dessus. Il est surexcité. Encore plus que d'habitude. Sans doute en prévision du tonus de ce soir. Il me fatigue quand il s'y met.

— Bravo, Matthieu, t'es sur tous les coups ! Une petite nuit de folie en psychiatrie et tu reviens avec un dossier. Explique-moi… Vous parlez médecine avant, pendant ou après l'amour ?

Je lui claque l'occiput pour toute réponse. Tête à claques ! Si ça peut le faire fantasmer. Il n'a pas besoin d'en savoir plus.

— Non, sérieux ? Tu lui as expliqué, au patron, comment tu t'y prenais pour recruter tes entrées ? Ha ha ha !

Il me colle aux basques en sautillant pour arriver à ma hauteur.

— Bon, je vois que je n'aurai aucun détail. Tant pis… soupire-t-il. Ça a donné quoi, l'I.R.M. ?

Je finis par lui répondre pour m'en débarrasser.

— Il s'en tire bien a priori. Tumeur gliale de bas grade. Mercier pense le rajouter sur le planning des interventions de la semaine prochaine.

— Tu vas où, là ? Ne me dis pas que tu allais rentrer chez toi ! Pas avant un tonus ! Allez viens, on va au *Gobe-mouches* prendre des bières… Il faut que je te montre mon déguisement, ça déchire !

Il me fatigue.

J'écoute Hugo d'un air distrait en me retournant par moments pour regarder la rue. Yvonne nous interrompt de temps en temps pour nous sortir une vanne. Une de plus ou de moins, elle ne compte pas. On ne renchérit pas dans ces cas-là, sinon c'est l'explosion des « couilles-culs-nichons » !

— Sers-nous donc deux bières… *Le seul moyen de l'arrêter.*

Quand elle me demande pourquoi je n'ai pas amené ma vierge enragée, je mets quelques secondes à réaliser qu'elle parle de Marie-Lou.

— Laisse courir, Yvonne, c'est mauvais pour tes artères ! J'ai faim et je ne suis pas d'humeur.

— Franciiis ? s'époumone-t-elle. Le chirurgien n'est pas d'humeur… Envoie donc des « pistaches-cacahouètes » !

Nouveau coup d'œil à travers la vitre, pas de vierge enragée. Juste un homme qui rase le mur sur le trottoir d'en face. Il marche tout doucement, la tête repliée dans le col de sa veste. Il est louche, ce type.

Anna apparaît sur le pas de la porte, au moment où j'allais détourner la tête. Elle fonce sur moi, l'air énervée.

— J'ai discuté avec Bruno Martigues…

— Discuté, t'es sûre ?

— Non mais, ça suffit, les gamineries… Tu as quel âge ? *Ses narines fument.* Un coup, tu tartines sa voiture de yaourt ; un coup, tu verses du poil à gratter dans ses chaussettes. Je ne parle même pas des projections sur sa chemise… Et maintenant tu ne trouves pas mieux que de mettre de la colle biologique sous ses semelles de chaussures ! Il venait de les rapporter de Londres, le week-end dernier. Elles sont ruinées !

— Euh… Je ne vois absolument pas de quoi tu parles…

Elle ne va pas en plus prendre sa défense ?

Hugo éclate de rire.

— Ah, je n'étais pas au courant pour le poil à gratter ! Ha ha ha !

Il ne peut pas se taire, lui ? Je le rappelle à l'ordre d'un petit coup de coude. Pas très discret.

Anna, elle, ne se démonte pas.

— Tu vas faire quoi, la prochaine fois ? Lui balancer une boule puante dans sa voiture ? On n'a plus dix ans… Grandis un peu.

— J'avais aussi pensé au coussin péteur en salle de staff…

Va-t-elle finir par se rouler par terre en tapant des pieds au milieu du Gobe-mouches *? On n'a plus dix ans… Si seulement !*

— Matthieu Madec, ne joue pas au con avec moi. Je fais ce que je veux, quand je veux, tu comprends ? *J'acquiesce pour lui faire plaisir.* Si tu comptes faire la guerre à tous mes plans cul, tu n'as pas fini ! *Hugo continue bêtement à ricaner en fixant ses pieds.* Non mais, de quoi tu te mêles ? Tu t'es regardé ? T'as vu la tête de Marie-Lou depuis quelques jours ?

— Casse-toi, Anna, dis-je en soupirant.

Cette grande cane me casse les pieds depuis le berceau. *Elle ne va quand même pas me mettre sur le même plan que cette enflure de Martigues ? Si elle savait…* Anna sort du bar en tournant des fesses comme à son habitude. Qu'est-ce qu'elle peut être pimbêche quand elle veut ! Entre Martigues et moi, ça n'a plus rien à voir avec elle. Une guerre de coqs, ni plus ni moins. À celui qui capitulera le premier. *Plutôt crever !* Ça m'amuse qu'Anna pense le contraire. Je la préfère comme ça : fière et explosive, et j'espère qu'elle se réveillera un jour, avant de perdre toute l'estime qu'elle a d'elle-même. Hugo la regarde partir en levant son verre.

— Aux femmes ! Pétillantes, pleines de vie mais… monstrueusement chiantes !

Yvonne rouspète derrière sa moustache. De mon côté, je souris mais ne trinque pas. Il y a une règle tacite à laquelle rien ne doit déroger : on n'insulte pas ma cousine. C'est valable pour tout le monde. Sauf moi. Après avoir bu sa bière d'une traite, Hugo sort de son sac à dos sa panoplie de gladiateur. L'armure, la jupe, les chaussettes en cotte de maille, l'épée… Tout y est.

— Bon, maintenant passons aux choses sérieuses !

On vient de couper la musique sous les cris des internes déchaînés. Le tonus d'été bat son plein. Je me prends les pieds dans ma toge en montant sur l'estrade et manque de m'étaler. Je ne marche plus vraiment droit à cette heure de la nuit, et les spartiates, ça glisse. Je brandis le trousseau de clefs devant le peuple romain en ébullition.

— Ceux qui veulent faire un tour, le service technique de l'hosto nous prête sans le savoir un fenwick et les carrioles qui vont avec.

— C'est quoi, un fenwick ? crie un centurion.

— Les chariots de manutention qui roulent à toute vitesse dans les sous-sols de l'hôpital, ça parle à tout le monde, non ? lâche un patricien.

— Ah oui, j'ai failli me faire tailler un short à ma dernière garde ! renchérit Hugo.

— Alors, suivez-moi ! Ça va décoiffer !

— Ave, Caesar ! m'acclament-ils à l'unisson.

J'en fais des tonnes, enroulé dans ce drap blanc qui me donne l'impression d'être totalement nu. D'autres ont été moins frileux et ont opté pour la feuille de vigne seule, brodée sur un string. Ce n'est pas mal non plus. La plèbe tout entière semble vouloir me suivre dans cette parade nocturne. Je ne pensais pas avoir autant de succès. Seule Marie-Lou reste immobile au fond de la salle. Si elle croit qu'elle passe inaperçue dans sa robe blanche de vestale ! Elle a beau se cacher derrière le poteau, je ne vois qu'elle. Si l'apollon avec sa ficelle dans les fesses pouvait éviter de la coller, ça serait sympa de sa part. Je l'interpelle devant tout le monde avant de descendre de l'estrade. Après tout, Jules César a tous les droits.

— Maaarie-Louuu ? *Elle écarquille les yeux dans ma direction.* Ouiii, c'est à toi que je paaarle ! Arrête de faire la tronche une minute et viens avec nouuus.

Elle se tient droite, prête à m'affronter. Les cordes fines des muscles de son cou sont tendues comme des flèches. Je lui souris pour lui montrer qu'il faut qu'elle se détende un peu, mais dans mon état, j'ai du mal à paraître crédible. Tout empereur que je suis – même avec mon plus beau sourire –, elle ne me prend pas au sérieux et me fusille du regard sans prêter attention aux yeux rivés sur elle. Un regard qui finit par baisser la garde et disparaître dans la nuit. Marie-Lou… À ce moment, je sens un bras glisser dans ma nuque. Barbara. Elle jouait les groupies au premier rang et vient de monter sur scène à mes côtés. Elle a revêtu le costume de Cléopâtre pour l'occasion. Une Cléopâtre blonde version danseuse du Lido avec une jupe fendue jusqu'à la taille. Tout ça pour finir dans mon lit ! Barbara serait-elle nostalgique ?

Ça roule vite, un fenwick, j'ai l'impression d'être au volant d'un kart.

— Whaou…

Je slalome dans les allées autour de l'internat.

— Jules César ne crierait pas « Whaou ! », me nargue Hugo, très à cheval sur les anachronismes même à quatre heures du matin. Ave, Caesar ! enchaîne-t-il.

— Ave, Caesar ! répète la dizaine d'internes que je tracte derrière moi. Cléopâtre s'accroche à mon cou et me suçote la pomme d'Adam. Elle est collante, Barbara, au propre comme au figuré, mais avec un gramme d'alcool dans le sang, elle est plutôt excitante ! Je repousse de la main ses cheveux blonds qui volent devant mes yeux. Déjà que j'ai du mal à aller droit, si en plus elle me déconcentre ! Hugo, dans mon rétroviseur, a manifestement lui aussi tapé dans l'œil d'une belle blonde au déguisement indéterminé. Elle est scotchée à sa joue, façon sangsue.

— Hé, Hugo !

— Ouaiiis…

— T'as déjà vu des gladiateurs d'un mètre cinquante ?

— Je t'emmerde, Madec !

— Attention, tu te fais dévorer par une lionne !

— Et toi, alors ? T'es pas en train de te faire bouffer, peut-être ? César, le sex-toy de ces dames !

J'éclate de rire. Quel crétin, celui-là ! Je ne remarque pas le dos d'âne et on manque tous de tomber à la renverse. Repérer les reliefs, c'est trop me demander.

— Hé, César… Regarde un peu la route ! râle le convoi, bien décidé à descendre avant de finir aux urgences.

Seuls Hugo et sa nouvelle meilleure amie restent cramponnés à leur carriole, sans oublier Cléopâtre qui trouve là un prétexte pour s'accrocher encore plus à moi. Ai-je rêvé ou ai-je vu la Joconde en robe blanche sur le bas-côté ? Je suis trop bourré pour être lucide. Trop bourré pour y prêter attention. Sauf qu'une fois les autres passagers libérés sains et saufs devant l'internat, je me mets à redémarrer le fenwick et à réclamer Marie-Lou. Allez savoir pourquoi.

— Maaarie-Louuu…

— Arrête, Matthieu. Elle est partie ! me crie Hugo. Tu nous emmènes où comme ça ?

— Je ne sais pas…

Je prends la direction du centre-ville en mode automatique. J'ai envie de rouler jusqu'à ce que l'air de la nuit me calme les esprits et dissipe le parfum de Barbara. Jusqu'à ce que le noir se referme sur moi.

22

Le moulin à marée

Marie-Lou

— Non mais, regarde-moi ça ! Lève-toi, Marie-Lou, et viens voir ! s'exclame Anna, penchée à la fenêtre de ma chambre.

Quelle nuit ! Quel réveil ! Est-ce bien les fesses de ma colocataire – à peine cachées sous sa nuisette rouge – qui se dandinent à la lumière du jour ?

— Matthieu a complètement craqué… Il va se mettre la direction de l'hôpital à dos, soupire-t-elle.

Pas besoin de me lever. Je sais très bien quelle vision m'attend en contrebas. Le convoi impérial à cheval sur le trottoir, judicieusement stationné devant la sortie de garage de l'immeuble d'en face. Matthieu m'a réveillée à cinq heures du matin en hurlant mon prénom. Cachée derrière le rideau, j'ai pu admirer Jules César qui ne marchait plus droit. Avec, comme seule béquille, le bras de Barbara. Je me serais bien passée de ce spectacle ! Ne pouvait-il pas me laisser tranquille ? Fallait-il qu'il soit ivre mort pour s'intéresser à moi ? Ou voulait-il seulement m'humilier une fois de plus ? En dérangeant tout le quartier en plus ! Je ne voulais pas lui parler dans son état et cherchais un moyen de le faire taire quand Yvonne s'en est gentiment chargée ! Son seau d'eau à travers la fenêtre du premier étage a rapidement calmé les ardeurs du loup qui hurlait à la lune et m'a fait rire par la même occasion. Il est reparti en zigzaguant, sa satanée béquille vissée à lui.

Anna rassure les passants en criant comme une poissonnière.

— Ne vous inquiétez pas ! Je descends…

En nuisette ? Elle en est capable.

— Je connais le propriétaire, il va déplacer le véhicule. Oui, oui… Il va revenir tout de suite.

Elle se retourne vers moi.

— Tu sais où je peux trouver Matthieu ?

Pourquoi me poser cette question et remuer le couteau dans la plaie ?

Elle s'excuse en voyant ma mine déconfite.

— Je demandais ça au cas où… Je…

— Elle habite où, Barbara ?

— À cent mètres de chez nous…

— Alors tu n'auras pas besoin d'aller bien loin.

Je me recroqueville sous ma couette sans attendre de réponse. Anna, ton cousin ne mérite pas qu'on s'inquiète pour lui. Il a dépassé les bornes. Laisse-le cuver dans les bras de Cléopâtre, se faire incendier par les voisins et par le directeur de l'hôpital. Ce n'était pas l'idée du siècle de conduire alcoolisé dans les rues de Brest. Surtout qu'ils étaient plusieurs à bord. Ça aurait pu vraiment mal finir. Comment peut-il se mettre dans des états pareils ? Quand grandira-t-il enfin ?

J'aimerais rester sous ma tente de coton tout le week-end – deux nuits que je ne dors pas –, pourtant Hubert m'attend pour la visite du samedi matin. La « grande visite », comme il dit. Celle où il revoit tous les dossiers en prenant le temps de m'expliquer les lois de la neurobiologie. La danse des neurotransmetteurs. Pourquoi privilégier la sérotonine plutôt que la dopamine ? Ou alors l'inverse ? Ça dépend. En temps normal, ça me passionne. Mais le temps n'est pas normal, et je n'ai pas envie de réfléchir. Juste de fermer les yeux et de me rendormir.

Le « Grand Schtroumpf » m'accorderait-il quelques minutes de répit ?

— Marie-Lou… Tout le monde me parle de ton brillant diagnostic de crise frontale.

J'entends se rapprocher le claquement des santiags d'Hubert sur le carrelage.

— Félicitations ! Je voulais avoir ta version.

Il s'arrête net en me voyant.

— Que se passe-t-il ? *Grillée en une fraction de seconde, je dois vraiment faire peur à voir.* Un problème avec un patient ? Je baisse la tête. Avec le chirurgien, alors ?

Mes paupières se ferment doucement pour lui signaler que je n'ai pas envie d'en parler. Il s'assoit face à moi et continue à me sonder de ses yeux clignant sans cesse. Pas besoin de grands discours, les silences suffisent.

— Marie-Lou ? me crie l'aide-soignante dans le bureau d'à côté. Téléphone, pour toi !

Je soupire.

— J'espère que ce n'est pas encore ce type…Ça fait trois fois qu'il m'appelle, ce matin. Je n'ai pas encore pu ouvrir un dossier.

— Qui ?

— Je ne sais pas. Il marmonne mon prénom d'une voix nasillarde puis se met à respirer fort au bout du fil. Ça me glace le sang. Je me suis demandé si ce n'était pas Jacques Kergos. Il n'a pas répondu quand je lui ai posé la question.

Hubert paraît intrigué.

— Ça pourrait lui ressembler, soupire-t-il. Attends un peu avant de répondre, je vais aller vérifier dans sa chambre. Si c'est bien lui, je veux le prendre en flagrant délit.

Il revient victorieux en brandissant le fameux téléphone portable.

— Confisqué jusqu'à nouvel ordre ! Il n'a même pas cherché à nier.

Hubert tend l'appareil à l'aide-soignante.

— Bon, Marie-Lou, je t'annonce que tu as un patient en moins. Hors de question d'entretenir sa nouvelle obsession.

Je m'affaisse sur ma chaise, la tête entre les mains. Jacques Kergos est la goutte d'eau qui fait déborder le vase. Je me sens vulnérable tout à coup, seule et désespérée. Pas de larmes, pas de sanglots, j'ai assez pleuré ces derniers jours.

Je suis la « grande visite » de façon distraite et détachée. Hubert ne semble pas m'en tenir rigueur et évite toute considération scientifique. Pour une fois, ses analyses sont brèves et concises. Je les reporte consciencieusement dans les dossiers et modifie les prescriptions sur l'ordinateur comme une bonne secrétaire. L'empathie m'est impossible en ce samedi matin. Trop fatiguée, trop contrariée. Mon esprit est ailleurs.

— Allez viens, Marie-Lou, je te ramène, me propose Hubert.

J'accepte sans réfléchir le soutien de son bras et me laisse guider jusqu'à sa voiture. Je me retrouve coiffée d'un foulard à la Grace Kelly sur le siège passager de sa vieille anglaise décapotable. Celle dont le moteur ronronne comme une voiture de course. Celle dont Hubert fait fièrement crisser les pneus en sortant de Bohars. S'il avait voulu me ramener à bon port, il aurait dû tourner à droite. Alors pourquoi vient-il de tourner à gauche ?

— Tu n'avais rien de prévu, ce week-end ?

Pas besoin de me poser la question, il connaît déjà la réponse.

— Si tu considères que ruminer sous ma couette et me noyer sous des litres de thé n'est pas un programme, alors non, je n'ai rien de prévu.

— Ça tombe bien. J'ai décidé de te kidnapper. Tu as besoin d'une surveillance rapprochée, une thérapie de soutien personnalisée au grand air de la mer !

— Où ? Chez toi ?

— Élémentaire !

Ses yeux pétillent de malice. Je repose ma nuque sur l'appui-tête et ferme les yeux. En plus d'être mon chef de service, cet homme est mon ange gardien.

Quelques indices sur sa vie privée me parviennent au fil du trajet : il y a un « nous », il y a des chiens, il y a ce bord de mer et l'intime conviction que je vais m'y sentir bien. Après trente minutes de routes sinueuses, je commence à percevoir le doux parfum iodé. La voiture décélère au détour d'un virage, on arrive à destination.

— Tu vas enfin savoir si les rumeurs étaient fondées, m'annonce Hubert.

— Lesquelles ?

— On ne t'a pas prévenue que j'habitais dans un manoir lugubre perdu au milieu de nulle part ? *Je secoue la tête.* Ni que j'étais un adepte de magie noire ? Ou que je faisais partie d'un groupe sadomasochiste, voire échangiste ?

J'éclate de rire.

— En tout cas, les rumeurs avaient raison sur un point : cet endroit est complètement paumé !

La MG s'engouffre sur un petit chemin de gravier. De hautes herbes recouvrent le sable à perte de vue. Au loin, on devine la mer. L'immense portail en bois s'ouvre automatiquement devant nous. Il est cerné par un imposant mur de pierre qui me donne tout de suite l'impression d'entrer dans une forteresse. Le château hanté du professeur Tournesol surgit comme une apparition. Ce vieux manoir, construit à même la roche, domine l'entrée de la lagune.

— C'est un ancien moulin à marée, précise Hubert.

De part et d'autre d'une petite tourelle se découpent de minuscules fenêtres. Elles ont été peintes d'un mauve improbable rappelant celui des agapanthes bordant les murs.

Une voix grave et suave me parvient depuis le jardin. Une voix familière.

— Eh bien… Je ne savais pas qu'il y avait une invitée de dernière minute.

Éric se tient sur le perron, entouré de quatre lévriers. Que fait-il là ? A-t-il besoin d'une thérapie de soutien, lui aussi ?

Hubert semble content de son effet de surprise.

— Marie-Lou : Éric, l'homme de ma vie, m'indique-t-il le plus simplement du monde. Éric, Marie-Lou… Je crois que vous travaillez ensemble, n'est-ce pas ?

L'homme souriant en face de moi est le maître des lieux, cela ne fait aucun doute. Il m'apparaît différent sans son pyjama blanc. Ses cheveux noirs sont regroupés en une longue mèche ramenée derrière l'oreille, ses sourcils épais dominent un visage aux traits étrangement fins, lui donnant un air presque enfantin.

— Bonjour, belle Marie-Lou. Je te présente les quatre filles du docteur March, ajoute-t-il en regardant ses chiens avec une pointe d'amusement.

— Toujours les mêmes blagues depuis vingt ans… À force, ça use, renchérit Hubert en l'embrassant discrètement sur la bouche.

Les quatre filles me toisent d'un air hautain et impassible avant de me laisser entrer.

23

Un lendemain difficile

Matthieu

Martigues est penché au-dessus de ma tête avec son craniotome et commence à trépaner. C'est moi qu'il trépane ? Les coups s'accélèrent dès que j'ouvre les yeux.

Alors je les referme.

C'est quoi, cette photo de Marilyn Monroe affichée au mur ? Ai-je rêvé ou il y avait bien un gros chat persan qui marchait sur mon ventre ? Je dois être en plein delirium tremens. L'odeur musquée qui empeste les draps me fait recouvrer la mémoire. Ses mains qui se promenaient sur mon dos, ses joues fardées qui se frottaient aux miennes. Quelques flashs me reviennent. Je l'ai laissée faire en souvenir du bon vieux temps. Bon ? Laissée faire quoi, d'ailleurs ? Ça s'est fini comment ? Par une douche froide sur le trottoir ? Par l'ombre de Marie-Lou derrière les rideaux ? Puis le silence, le trou noir.

Il est temps d'affronter la lumière.

Cette chambre est à l'image de Barbara. Rose, « girly » et surchargée. Une vraie bonbonnière. Marilyn soulève sa robe blanche en minaudant. Je grimace.

— N'y pense même pas…

Qu'est-ce qui me prend de parler à un poster ?

Je suis allongé en travers du lit. Seul ? Les traces rouges sur mon torse m'apprennent que j'ai dû avoir de la compagnie. Des ronds qui s'entrecroisent et qui descendent au-delà de mon nombril. Des traces de rouge à lèvres ? Ben voyons ! Martigues recommence avec sa perceuse et tout mon crâne se met à vibrer, ça me soulève l'estomac. J'ai juste le temps de courir aux toilettes et de purger les litres de punch de la veille. Ceux que je n'ai pas encore digérés.

Je trouve Hugo affalé sur le canapé, la tête en bas, sa jupe de gladiateur relevée sur son torse. Il ronfle, la bouche ouverte, comme un bienheureux. Il a dû bien s'amuser lui aussi. Les deux Barbie princesse arrivent de la cuisine tout sourire. Barbara porte un plateau qui sent bon le café. Son regard est espiègle et aguicheur. Le même que Marilyn Monroe.

— Bonjour, beau garçon ! Un lendemain difficile ?

— Plus que tu ne crois, dis-je, les dents serrées.

Je ne maîtrise pas bien les minutes qui suivent. Encore des coups dans ma tête. Non, ceux du poing d'Anna qui tambourine à la porte. Qui entre en trombe puis qui me traîne par le bras. J'ai juste le temps d'enfiler ma toge impériale et mes spartiates. Pour une fois, je me laisse faire sans broncher. Ma cousine, sans le vouloir, est en train de me sauver la mise. Je démarre le fenwick sans prêter attention aux klaxons et injures des automobilistes qui attendent à la sortie de leur garage. Je feins d'être encore dans mon rôle. Jules César n'est-il pas au-dessus de tout ? Anna s'invite dans mon carrosse en montant à côté de moi.

La route de l'hôpital, à trente à l'heure, ça me semble long. Très long. D'autant plus qu'Anna a beaucoup de choses à me dire. Pour une fois qu'elle réussit à me coincer, elle peut enfin vider son sac. Un sac rempli de reproches.

— C'était débile, ton idée de fenwick ! Vous auriez pu avoir un accident… Qu'est-ce qui t'a pris d'aller dans le centre-ville ? Dans quelle galère tu nous as embarqués ? On a l'air de quoi, là ? Je te préviens si je croise quelqu'un que je connais, tu me le payeras… Ça te fait sourire ? Moi pas !

Pourtant je la trouve drôle, ma passagère. Elle, qui essaie de se cacher derrière ses lunettes noires et qui tient assise sur une fesse en tirant sur sa robe pour éviter qu'elle ne remonte. Les passants regardent défiler ce convoi surréaliste, le sourire aux lèvres. On pourrait croire à un spot de télévision : « Tu t'es vu quand t'as bu ? » Comment ai-je pu faire ce long trajet la nuit dernière ? Sans griller de feux ? Sans me prendre un mur ? Je n'en ai aucun souvenir précis. C'est ça le plus angoissant. Le trou noir.

— Ce qui est fait est fait…

Je sais que cette phrase passe-partout permettra de clore le sujet. Mais le sac d'Anna est plein à craquer, et j'ai le droit au dossier Marie-Lou. Pourtant classé confidentiel. Les coups de craniotome reprennent de plus belle.

— Tu me parles de quoi, là ? Ça ne te regarde pas…

— Un peu quand même… C'est ma copine et…

— Tu as des leçons à me donner, peut-être ?

— Aucune…

— Bon alors…

— Si j'avais quelqu'un qui arrivait ne serait-ce qu'à la cheville de Marie-Lou, je…

— Arrête, je te dis ! C'est plus compliqué que ça…

— Compliqué dans ta tête, oui…

— Tu me fatigues !

— Que te faut-il de plus ? Elle est dingue de toi. Et ne sait plus quoi faire pour te le prouver… Tiens, elle s'est même inscrite à des cours de surf ! Tu le crois, toi ? Des cours du soir après le boulot.

— Elle a bien le droit de se mettre au surf. Tout ne tourne pas autour de moi, si ?

— C'est toi qui as le toupet de dire ça ? Il n'y a pas plus égocentrique que toi ! C'est compliqué de dire à une fille que tu l'aimes comme tu n'as jamais aimé ? C'est compliqué d'avouer que t'es mort de trouille ? Mort de trouille à l'idée de t'attacher ?

— Si tu continues, je te laisse sur le trottoir…

— Ça va, ça va, j'arrête, mais tu as intérêt à lui redonner le sourire, je te le dis. Arrête de considérer quc toutes les femmes ressembleront un jour à ta mère !

Je stoppe le fenwick, n'étant pas sûr d'avoir bien entendu.

— Tu viens de dire quoi, là ? Qu'est-ce que ma mère vient faire là-dedans ?

L'apprentie psychologue baisse la tête.

— Je voulais juste te dire… de… de lâcher un peu Brigitte. Elle y arrivera bien sans toi…

— Anna, descends ! Descends, je te dis !

On est presque arrivés à la Cavale Blanche quand je la laisse sur le bas-côté. Je l'observe taper du pied dans le rétroviseur. Elle a ce don-là, Anna, depuis qu'elle est toute petite. Celui de me faire sortir de mes gonds et de me le faire regretter la seconde qui suit.

En rentrant de l'hôpital en voiture, je la repère rue du Commandant-Mouchotte. Au début, elle ne veut pas monter.

— Je préfère rentrer à pied plutôt que de…

Anna a l'art de ne jamais finir ses phrases. Je roule à ses côtés sur quelques mètres lorsqu'il se met à pleuvoir. Elle se laisse convaincre. Sa fierté est en sucre. Surtout s'il s'agit de ne pas abîmer ses sandales en daim !

La lumière décline à l'heure où j'aperçois les mâts du port du Moulin-Blanc. Rien de tel qu'un après-midi à naviguer pour se vider la tête et repartir à zéro. Quelques grains pour me fouetter le visage et laver mes pensées sombres et austères. Quelques rafales de vent pour donner raison à Anna.

Je suis arrivé au pied des falaises de la pointe Saint-Mathieu avec ce constat : je ne suis peut-être qu'un sale égoïste, le monde tourne peut-être toujours autour de moi, mais il ne tourne vraiment pas rond. Je ne me reconnais plus en ce moment. J'ai touché le fond avec la cuite d'hier soir. Celle qui m'a fait perdre un certain nombre de neurones et m'a rendu amnésique. Il y a quelques mois, j'en aurais rigolé. Je m'en serais même sûrement vanté. Alors pourquoi était-ce si différent aujourd'hui ? Les ruines de l'abbaye au-dessus de moi ne m'ont pas donné de réponse, alors j'ai décidé de faire demi-tour.

Une fois à quai, je sais enfin ce que je dois faire. Écume me regarde, les oreilles basses, comme s'il l'avait compris. Je lâche l'échelle d'une main fébrile. Avant même d'allumer la lumière, j'ouvre le tiroir sous la table à cartes. La lettre est bien là, celle de l'homme qui me ressemble. L'homme qui a tout fait foirer. Il faut que je sache. Si je veux avancer. Il le faut.

— Tom ? C'est Matthieu… Ta proposition d'aller boire un verre tient toujours ? Parfait ! Ma voix ? Non, ça va… Je viens de lire une lettre de mon père et j'ai besoin d'avoir ton avis… Ouais, j'ai du mal à lire entre les lignes… Tu connais le *Gobe-mouches* ? Rue du Bois-d'Amour ! Non, ce n'est pas une blague, ça existe vraiment… Des gogo-danseuses ? Non, pas vraiment ! Enfin, tu feras connaissance avec Yvonne et tu jugeras par toi-même… Dix-neuf heures, demain soir ? O.K., ça me va.

24

À la pêche aux couteaux

Marie-Lou

Plus j'avance, plus ce paysage me paraît familier. Ce phare blanc coiffé de rouge posé dans ce décor de pierres. Pourquoi résonne-t-il en moi alors que je le vois pour la première fois ? Pourquoi me rend-il aussi mélancolique ? L'ai-je déjà vu en rêve ? Sur une photographie ? *Pointe Saint-Mathieu* indiquent les pancartes. Le hasard des mots a une étrange logique. Je souris à cette idée.

Comment m'enlever de la tête celui qui a un « t » de trop pour prétendre être un saint ? Tout me renvoie à lui. La couleur de la mer, ce vert bouteille sombre et intrigant. Ce voilier au loin qui gîte et couche sa grand-voile vers l'horizon. Avec sa coque rouge, on croirait même qu'il s'agit du sien. Est-ce une illusion ou une hallucination ? Au moment où je le remarque, le bateau change de cap et semble faire demi-tour vers la rade de Brest. Si j'étais superstitieuse, je croirais qu'il m'envoie un signe. Devrais-je faire pareil avec

Matthieu ? Changer de cap ? Retourner au point de départ ? À l'instant précis où je me suis réveillée dans ses bras après notre première nuit ? C'est de là qu'il faudrait repartir. Mais repartir pour changer quoi ? Je ne regrette rien et ne veux rien changer. S'il voulait plus de temps et d'espace, c'est raté. J'ai fait tout le contraire. Malgré moi. Parce que j'en suis incapable. Incapable d'aimer à distance. D'aimer de façon légère et détachée. Je suis tout sauf légère. Je ne suis pas Barbara ! Tant pis. Tant pis si je ne suis pas assez ou trop pour lui. Quand on commence à faire des calculs, à anticiper ses réactions, c'est que le naturel a disparu. Triste conclusion.

Ce phare, ces ruines austères, ces falaises abruptes… Mais oui, bien sûr ! L'endroit de Josic. L'endroit maléfique. Les perspectives qui pointent vers le ciel et la mer et qui vous aspirent vers le fond. Tout est là.

— Jo. C'est moi. Tu vas bien ? Tu te sens mieux ? Je t'avais dit que tes tremblements allaient diminuer. Tu sais d'où je t'appelle ? De la pointe Saint-Mathieu… J'ai reconnu ta description. C'est bien là, non ? Oui, par hasard, je suis chez des amis qui habitent à quelques kilomètres. Des amis pour le week-end. Oui, c'est beau, mais je ne peux pas m'empêcher de trouver ça triste… En lien avec ton histoire, mon humeur du moment aussi… Matthieu ? La dernière fois que je l'ai vu, il se prenait pour Jules César… Tu lui demanderas des détails si tu veux. À vrai dire, je n'ai pas envie de parler de lui. Si j'ai le vertige ? Attends, je m'approche un peu du bord… T'inquiète, arrête de crier dans le téléphone ! Ben non, ça ne me fait ni chaud ni froid.

Oui, je recule. Voilà, je me suis même assise sur un rocher. T'es rassuré ?

C'était vraiment de mauvais goût. Je craque complètement.

— Excuse-moi, Jo, marmonné-je, honteuse.

Pourquoi l'ai-je appelé, d'abord ? Pour lui faire penser à cet endroit au moment où il commence à aller mieux. Quelle fine psychologue ! Je me demande parfois si je suis faite pour soigner les gens. Je vais devoir ramer pour lui changer les idées.

— Jo ? T'es toujours là ? Je pensais à autre chose… Tu ne m'as pas dit que tu ne rencontrais personne à Bohars ? Que tu trouvais le temps long ? Eh bien, je m'occupe d'une patiente très sympathique, cela te ferait du bien de la rencontrer… Pourquoi ça ne se ferait pas ? À partir du moment où je ne te révèle rien sur son dossier médical ? Quoi, je suis impossible ? Une entremetteuse ? Oui, c'est un peu ça. Écoute, si tu es un peu curieux et aventurier, rends-toi au pavillon *Molène* et demande à parler à une certaine Hélène De Pommerol. Tu lui proposes un café. C'est une femme étonnante, tu verras… Ne fais pas ton timide, elle est déjà prévenue et… Oui, je lui ai un peu parlé de toi, et alors ? Presque pas, je te jure. Elle sera très contente d'avoir de la compagnie. Elle s'ennuie, elle aussi. Je ne t'en dis pas plus. Le secret médical… Pourquoi tu rigoles ? Allez, je t'embrasse, Jo, je passerai te voir la semaine prochaine. Tu me raconteras…

Il n'y a que Jo pour m'arracher un sourire en toute circonstance. Est-elle si saugrenue, mon idée ? Matthieu ne se priverait pas de me le dire. Encore cette manie de mêler le professionnel au personnel. Celle de vouloir sauver le monde. Oui certes, mais ces deux-là sont faits pour se rencontrer. Pas pour débuter une idylle, comme l'a sous-entendu Jo. Enfin, ce qu'il a pensé que je sous-entendais. Non, pour apprendre l'un sur l'autre. L'un de l'autre. Ils se ressemblent tellement, même si l'un est en tongs et l'autre en talons aiguilles. La même fragilité, la même sensibilité à fleur de peau. Ça m'a tout de suite frappée. De là est née cette idée saugrenue. Celle qui ne verra jamais le jour parce que Jo est trop timide et a trop peur des sous-entendus. Dommage !

— Ah… Marie-Lou, j'ai fini par te trouver, s'approche Éric. Les chiens ont commencé à renifler le sol en dépassant le phare.

— Mon odeur est si forte que ça ?

— Faut croire, sourit-il. La place est libre sur ce rocher ? *Je me décale pour le laisser s'asseoir.* J'adore cet endroit. J'ai remarqué qu'il s'adaptait à mes humeurs. Hub' se moque de moi à chaque fois. Il est trop terre à terre. Aujourd'hui, l'horizon dessine une ligne sombre, la houle rumine et le vent siffle sa plainte. La tienne, Marie-Lou, à coup sûr.

— Tu es bien perspicace.

— Nous sommes un vieux couple, tu sais, on se raconte tout. Je suis venu te consoler. Sache que je suis très doué pour ça… Bien meilleur qu'un psychiatre !

— Quelle modestie ! Et c'est quoi, ta méthode ?

— Ma méthode ? fait-il en lançant une balle loin derrière lui que ses quatre filles s'empressent d'aller chercher. En fait, j'en ai deux. La première conduit à une explosion de rire, mais de courte durée. La deuxième permet de s'évader plusieurs heures et de finir en beauté.

Quel programme !

— J'opte pour la deuxième alors. C'est quoi ?

— La sagesse, Marie-Lou, je te reconnais bien là. Je te ferai la surprise demain matin. Une surprise qui se laisse désirer car dépendante de la météo.

— De la météo ? Il pleut demain matin, non ?

Éric sourit d'un air satisfait. Il ne divulguera rien.

— Et j'ai aussi le droit à la première méthode pour le même prix ?

— Madame est gourmande ! C'est bien, tu es sur la voie de la guérison.

— Madame n'est pas si malade que ça, soupiré-je. Juste fatiguée.

Nos yeux se croisent, Éric a l'air d'en douter.

— Très bien, dans ce cas, écoute ça… Des bonnes blagues salaces pour te réveiller, pires que celles des salles de garde.

— Pires ? C'est possible ?

Éric se penche alors à mon oreille comme si nous n'étions pas tout seuls perchés sur ce rocher. Comme si l'océan était capable d'en rougir. J'éclate de rire. Comment ce gentleman connaît-il des histoires aussi grivoises ? Aussi crues ? Ce ne sont pas ses blagues qui me font rire, mais la vulgarité des mots qui sortent de cette bouche si délicate. Celle qui n'assume pas bien et qui murmure en pouffant à la fin de chaque phrase. J'ai bien fait de réclamer la première méthode, je m'en souviendrai.

— Marie-Lou… Réveille-toi, la mer est basse.

Je sursaute dans mon lit.

— La mer ? Basse ? Et ?

Je frotte mes paupières qui peinent à s'ouvrir. La mèche noire d'Éric danse au-dessus de ma tête avec en arrière-plan l'horloge. Huit heures ? Qu'est-ce qui lui prend d'être aussi matinal ? Un dimanche, en plus !

— Ferme les yeux et tire la langue, Marie-Lou.

— Quoi ?

— Tu vas voir.

Encore une excentricité ! Il y a des jours où je me demande vraiment si je vis dans le même monde. Les quatre lévriers autour de mon lit semblent trépigner d'impatience. *Que m'a-t-il encore concocté ?* La deuxième méthode. Celle qui finit en beauté. Je ferme docilement les yeux. Le picotement des grains de sel sur mes papilles me fait grimacer.

— Du sel ?

Éric tient la salière levée comme s'il brandissait une coupe. Ses yeux pétillent de malice.

— Oui, ça fait partie du traitement. Le sel de la vie, Marie-Lou… La dimension biblique du terme.

— Ouh… Tes considérations mystiques au réveil, c'est un peu dur ! Marion Latouche est en train de déteindre sur toi, non ?

— Ha ha ha ! Suis-moi, tu verras… Le sel, Marie-Lou. C'est la clef !

Je me lève et suis ce grand loufoque en direction des rochers. Quand il se met pieds nus et retrousse le bas de son pantalon, je l'imite, de plus en plus amusée.

— Tu m'emmènes où ? Dans la vase ?

Lorsque j'aperçois Hubert à quatre pattes un peu plus loin, je comprends que je n'étais pas loin de la vérité. Il me salue de la main le plus naturellement du monde. Comme si sa position de bon matin n'avait rien d'étonnant.

— Tu vois ces petits trous en forme de serrure dans le sable ? m'indique Éric. Mets une pincée de sel juste au-dessus.

— Tu m'intrigues… Il y a une bête qui va sortir ?

— Regarde et arrête de parler. Tu vas leur faire peur…

J'obtempère comme une bonne élève. Faire peur à qui ? Des vers ? Des coquillages ? Un génie qui va jaillir du sol pour exaucer tous mes vœux ? J'ai la ferme impression que tout est possible avec ces deux énergumènes. Rien ne doit m'étonner. Même à l'instant où le petit monticule de sel devient effervescent et s'écarte pour laisser place à un coquillage oblong qui remonte majestueusement. Je l'attrape entre deux doigts.

— Un couteau ! Hubert, regarde ! J'en ai un !

Éric m'observe, le sourire aux lèvres. L'étonnement des premières fois a l'air de le combler.

— Je trouve ça jouissif quand il sort sa tête du sable. Pas toi ? Tu ne trouves pas qu'on dirait un phallus ?

— Ha ha ha ! Drôle de comparaison.

— Ne l'écoute pas, Marie-Lou, intervient Hubert, toujours le nez dans le sable.

— C'est bon, au moins ?

— Hub' les prépare à merveille… Hein ?

— Ce midi, c'est *Tagliolini al coltello* ! s'exclame le professeur. J'en veux au moins cinquante !

— Un vrai festin, approuve Éric. Ça fait aussi partie du traitement. Ça vient consolider le tout.

Je secoue la tête en rigolant. Cet homme est un vrai phénomène.

Deux heures à genoux dans la vase à extraire un à un des pénis en érection. Rien de tel pour se changer les idées. Notre seau est rempli lorsqu'on se résout enfin à remonter, la marée montante vient de nous rattraper, et l'eau lèche déjà la surface. J'y plonge ma main. Un dernier. Juste un dernier.

Il pleut. Une pluie d'août qui rafraîchit.

Hubert dans sa MG – dont il a pris soin de remettre la capote – attend que je rentre chez moi en bon gentleman. Mais je reste scotchée devant la vitrine du *Gobe-mouches*. Scotchée à regarder la scène qui se joue devant moi sans comprendre si je suis dehors ou dedans. C'est étrange comme sensation. Il est là, de dos, assis sur un des tabourets du comptoir. Jules César. Il a retrouvé son short et ses tongs et a manifestement décidé de rester sobre ce soir. Quel est cet homme en face de lui ? Celui dont l'air grave ne me dit rien qui vaille et attise ma curiosité. Celui qui pourrait être son père mais qui ne lui ressemble pas assez pour être son portrait craché. Conscient d'être observé, ce dernier a tourné la tête dans ma direction. Il me sourit comme s'il me connaissait déjà et, d'un signe de tête, invite Matthieu à se retourner.

Je suspends ma respiration sitôt que son regard se pose sur moi. Je voulais continuer à l'observer sans qu'il me remarque. Trop tard ! Ses yeux surpris s'adoucissent en plongeant dans les miens. Une expression d'étrange tristesse. De doute. Pour la première fois, je les sens vulnérables et ne peux m'en détacher.

Que Matthieu ne me dise pas que je ne compte pas ! Que je ne suis rien pour lui ! Pas après ce regard. Celui qui me prend pour cible et fait abstraction de tout le reste. Écume accourt vers moi par la porte entrouverte et appuie ses deux grosses pattes sur ma robe. Je sens ses griffes pataudes rentrer dans mes cuisses et lui caresse le crâne en grimaçant. Quand je relève la tête, Matthieu se tient à quelques centimètres.

— Salut, dit-il d'une voix enrouée.

J'entends Hubert démarrer sur les chapeaux de roue. Son ombre se retourne à travers la vitre arrière de sa voiture. Éclairée par le halo jaune du réverbère, pourquoi ai-je l'intime conviction qu'elle me fait un clin d'œil ?

25

La grenade qu'on dégoupille

Matthieu

Mon portable vient de rebondir sur le pont du bateau pour atterrir à quelques millimètres du bastingage. Une remarque de plus et il finissait dans l'eau. Écume me le rapporte et le dépose à mes pieds en frétillant de la queue. *Pas envie de jouer. Brigitte, tu auras ma peau. Tu as l'art et la manière de me pousser à bout en quelques mots, d'appuyer là où ça fait mal. Et ça fait mal. Comme s'il fallait un point d'orgue à ce week-end morose.*

Je finis par m'asseoir sur le pont, la tête entre les mains. Mon fidèle compagnon pose son museau sur mes pieds en gémissant. Des années à endurer et assumer ses contradictions.

— Non, tout va bien, je n'ai besoin de personne, a-t-elle commencé. Hors de question que des inconnus viennent chez moi ! Qui a contacté l'ADMR[1], d'ailleurs ? M'étonnerait que cette idée vienne de toi.

1. Aide à domicile en milieu rural.

Était-elle en train d'accuser Marie-Lou à demi-mot ? Brigitte, la reine des demi-mots !

— Au fait, ça fait longtemps que tu n'es pas venu me voir. T'exagères quand même, non ? Une semaine ? Ah oui ! Ça m'a paru plus long. J'ai juste besoin que tu ailles faire mes courses.

Quand je dis qu'elle aura ma peau ! En fait, c'est moi l'ADMR.

— Et tu pourrais dire à Marie-Lou de passer m'expliquer pour le stimulateur ? Elle m'avait promis qu'elle le ferait, mais je n'ai pas de nouvelles…

— Normal, elle ne viendra pas.

— Comment ça ?

Un long silence a suivi, lourd de reproches.

— Bon, bah je l'appellerai moi-même alors.

C'est à ce moment que j'ai explosé. Comme une grenade qu'on dégoupille.

— Je t'ai expliqué comment il fonctionnait, ton boîtier ! Tu ne l'appelleras pas !

— Pourqu…

— Parce que je te le dis… Tu ne l'appelleras pas, t'as compris ?

J'ai hurlé vers la mer. Les goélands perchés sur le ponton se sont envolés en criant.

Brigitte, tu auras ma peau !

J'enjambe la cagette en travers de la porte et peste en m'y prenant les pieds. Écume me suit et shoote en plein dedans à son tour. Qu'on s'étale en entrant dans son bistrot ne fait pas partie des préoccupations d'Yvonne. Du moment que les clébards miniatures –

ceux qui traînent devant son comptoir – ne sortent pas sur le trottoir ! Seul Coyote, le chef de la bande, manque à l'appel et reste bien au chaud quelques étages plus haut.

L'humeur d'Yvonne, ce soir, semble aussi fracassante que la mienne. Elle grogne contre son frère dans la boucherie attenante. Pourquoi ne ferme-t-il pas plus souvent la porte ? Les disputes entre frangins sont monnaie courante ici, ils en jouent pour le folklore. Un vaudeville au ras des pâquerettes version *Gobe-mouches*. Les tirades d'Yvonne sont plus vulgaires les unes que les autres. On se demande même si, par moments, il ne lui prendrait pas l'envie de changer de sexe, tant elle use des : « J'en ai sous la culotte » ou « J'ai les boules » ou « Arrête de me les briser ». Les quoi ? C'est d'ailleurs entre l'une de ces expressions favorites que Tom fait son entrée en slalomant entre les chiens. Surpris par ce décor des plus pittoresques, il hausse les sourcils en me serrant la main.

Quand il se risque à commander un verre de « Gobe-mouches » pour être dans l'ambiance jusqu'au bout, je le préviens qu'on ne sait pas très bien ce qu'Yvonne mélange dans ses bouteilles en plastique. De quoi lui retourner l'estomac et lui tordre les boyaux.

— Mon tube digestif en a vu d'autres… Combien de degrés ? demande-t-il à l'apothicaire.

Yvonne hausse les épaules.

— Pas grand-chose… Vingt, trente ?

— Ah, quand même ! manque-t-il d'avaler de travers.

— Matthieu, t'en veux un aussi ?

Elle pose sur le comptoir un verre rempli à ras bord.

— Euh, non… Pour moi, ce sera de l'eau.

— De l'eau ? grimace la tenancière. T'es malade ?

Tom n'est pas dupe.

— Toi, tu as abusé, ces derniers jours !

— Ça, c'est le moins qu'on puisse dire ! éclate Yvonne. Il s'est même pris un seau d'eau sur la tronche. Ha ha ha ! Mais je vois que tu en redemandes… Tu n'en as pas eu assez ?

Elle vient de parler tellement fort que tout le bar se met à réagir. L'histoire de la douche serait-elle connue de tout le quartier ? Même Francis se marre en coupant sa viande. Je m'écrase pour une fois.

— Tu voulais me montrer une lettre, non ?

Je déplie la feuille chiffonnée sur le bar.

— Je n'aurais pas dû la lire…

— Pourquoi ? Elle ne t'était pas adressée ?

— Si, si…, dis-je pensivement. Si tu arrives à la décoder…

Tom sort de sa poche ses loupes de presbyte et s'empare de la lettre. Il la tient à bout de bras devant les yeux curieux d'Yvonne qui s'avancent au-dessus du comptoir. Il la soulève alors légèrement en la narguant d'un clin d'œil.

Pendant ce temps-là – ce qui me paraît interminable –, je fais glisser nerveusement ma rondelle de citron sur le pourtour de mon verre. Pourquoi hoche-t-il la tête comme s'il approuvait ? Approuvait quoi ?

— Rien ne m'étonne dans cette lettre, finit-il par lâcher.

Je le regarde, stupéfait.

— Tu savais ?

— Quoi ? Qu'il allait mal ? Qu'il avait des remords ? Tu croyais quoi ? Qu'il était heureux sous les cocotiers ? Qu'il était parti pour une femme ? Non. Le problème avec ton père, c'est qu'il est parti pour de mauvaises raisons ! *Il renverse sa tête en arrière, sifflant son verre d'une traite.* Oh, ça attaque ! Excuse-moi si je te parle un peu trop franchement, c'est l'alcool.

— Non, ça va. Au contraire.

Je me retourne machinalement pour contempler la rue. Un coup d'œil pour marquer une pause dans notre discussion. *Bien sûr que je croyais qu'il était parti pour une autre. Pourquoi serait-il parti sinon ?* Le mec louche de l'autre jour passe sur le trottoir et pose sur moi son regard de pervers. Il rôde comme un chacal. Quand il entend Écume grogner dans sa direction, il repart en traînant les pieds.

— Ça attaque mais j'en veux bien un quatrième ! réclame Tom, en levant son verre. Attends, fait-il mine de réfléchir. C'est mon quatrième ou mon cinquième ? *À ce train-là, je vais avoir droit à tous les détails sur mon père. Sa vie, son œuvre, sa chute. Peut-être même plus. Il a une bonne descente, le pote du paternel !* Où j'en étais ? Ah, oui ! Ton père, je n'ai jamais compris pourquoi il est allé s'installer près de Bénodet aussitôt après ses études. Enfin si, je sais, Brigitte lui avait mis la corde au cou. Yann, il était comme moi – peut-être comme toi en ce moment –, il avait envie d'être libre, de voyager, de faire de l'humanitaire. De faire le con aussi. Pas de s'enterrer dans cette petite vie de père de famille ! Excuse-moi, Matthieu, je dis ce que je pense et j'oublie que je parle à son fils.

Nouveau coup d'œil à travers la vitre. Nouvelle coupure. Je soupire.

— Voyager ? Il ne voulait jamais prendre de vacances ! L'homme que tu me décris est tout sauf le père que j'ai connu.

— Parce que tu l'as toujours vu avec les yeux de ta mère ! s'emporte Tom en me postillonnant au visage. Quand tu n'aimes plus ta femme – depuis longtemps d'ailleurs –, que tu as enfin pris la décision de la quitter et qu'elle tombe malade, tu te retrouves coincé. En plus d'être un mauvais mari, tu n'as pas envie de passer pour un salaud. Surtout quand tu es le médecin généraliste du village, l'homme à qui tout le monde se confie et accorde sa confiance. Yann n'aurait pas supporté le regard des autres, le regard de son fils surtout. Alors il est resté jusqu'au jour où…

— Où ?

Tom vient de stopper sa phrase dans un mouvement de recul. Comme s'il regrettait d'en avoir trop dit.

— Euh… Jusqu'au jour où il a préféré fuir en laissant planer le doute. Il est parti un matin, sans même prendre de valise, avec l'idée délirante qu'il pourrait se reconstruire à l'autre bout de la planète, qu'il pourrait continuer à vivre tout simplement. Il m'a appelé ce jour-là. On ne s'était pas revus depuis des années. Au ton de sa voix, j'ai compris qu'il voulait tout plaquer. Je suis venu tout de suite, je n'ai pas réfléchi. Lorsque je l'ai laissé à l'aéroport ce jour-là, je n'ai pas cherché à le dissuader de partir. Je me suis longtemps demandé pourquoi. Je me le demande encore. Les kilomètres n'effacent pas la honte et la culpabilité, ça se saurait.

Yann, dans sa fuite, avait perdu une chose essentielle qu'il ne retrouverait jamais : l'estime de soi. Oh, je pars dans des envolées lyriques, excuse-moi. Qu'y a-t-il dans ce mélange ? Ça me fait un de ces effets ! Whaou… J'en reprendrais bien un p'tit verre.

Je pose ma main sur son bras pour arrêter son geste. S'il commence à se servir tout seul, il va finir debout sur le comptoir à raconter ma vie à qui veut l'entendre. D'ailleurs Yvonne – faute d'avoir lu la lettre – boit ses paroles depuis le début, les coudes bien à plat entre nos deux verres.

— Matthieu, je crois qu'on nous observe, bredouille Tom en m'indiquant la rue d'un signe de tête. Ce n'est pas désagréable, mais tu veux peut-être le savoir. Non ?

Yvonne, dont le sourire béat vient de s'évanouir, regarde dans la même direction. C'est à ce moment que je la sens dans mon dos. Celle dont Anna n'a pas arrêté de me parler ce week-end pour me demander si j'avais de ses nouvelles. Ce dernier coup d'œil est le bon.

Marie-Lou se tient immobile derrière la vitre et me scrute en serrant son col dans ses mains. Si elle veut m'assommer de reproches façon Anna, c'est maintenant. Je suis déjà à terre après les paroles de Tom. Je soutiens ce regard qui perce la glace. Mais je n'y vois rien d'accusateur, pas de cordes tendues sur son cou. L'ombre d'un sourire, même, sur ses joues amaigries. Écume, jusque-là endormi, vient de tourner la tête lui aussi et court vers la rue en sautant par-dessus la cagette.

— Salut, dis-je d'une voix cassée.

Elle me sourit avant de détourner la tête pour saluer l'homme dans la vieille anglaise rouge. À peine ai-je pu voir son ombre sous l'éclairage faiblard du réverbère qu'il a déjà disparu dans un vrombissement de moteur.

— Tu étais où, ce week-end ?

— À la pêche… J'étais à la pêche, susurre-t-elle avec le même sourire énigmatique.

— Tu me fais marcher ?

— Peut-être…

— Et lui, c'était qui ?

Elle me regarde de ses yeux si grands qu'ils mangent son visage et semble troublée par ma question. Elle hésite.

— Mon ange gardien.

Marie-Lou a donc décidé de se moquer de moi. Après tout, c'est bien mérité. Comme si je pouvais dire quelque chose après ça ! *Un ange gardien ?* Je me mets à fixer un point sur le trottoir. *Avec une MG rouge ? Un frimeur ? Un vieux beau qui drague une petite interne ?* C'est à ce moment – juste à ce moment – qu'elle m'embrasse doucement le front en se hissant sur la pointe des pieds. Ses lèvres chaudes me font relever la tête et me donnent envie d'y goûter. De les dévorer même. Trop tard, elles se sont volatilisées. La Joconde – celle qui se joue de moi – pousse déjà la porte de l'immeuble en me jetant une dernière œillade pleine de malice.

Je salue Tom à travers la vitre. *Après tout, on s'est tout dit, non ?* Il m'a donné sa version des faits. Sa version alcoolisée et romanesque avec les partis pris d'un pote qui pense avoir tout compris. Avec sans doute pas mal de raccourcis aussi. Mais vu les mots employés dans la lettre, Tom n'est sans doute pas loin du compte. Mon portrait craché s'avère plus complexe que prévu. Lui aurais-je trouvé ce soir encore plus de points communs avec moi qu'avant ? Cela ne me rassure pas. Pas du tout.

Je pars dans la nuit traîner mes tongs sur le macadam. La pluie me fouette le visage et retient ma course. Écume me suit, les oreilles basses, et s'écarte pour lever la patte sur les hangars du port. J'aperçois les mâts du Moulin-Blanc qui dépassent des cubes de tôle et freine la cadence.

26

Il est beau, David Guetta ?

Matthieu

C'est forcément le jour où j'ai décidé d'aller rendre visite à Josic que le staff de cancérologie s'éternise. Anna doit déjà m'attendre dans le hall et trépigner d'impatience. Les opinions divergent sur le dossier de Mme Le Quennec. Le ton monte et les esprits s'échauffent. Martigues se lève et tape du poing sur la table. Pourquoi veut-il absolument opérer cette octogénaire déjà bien fatiguée et amaigrie ? On vient de lui diagnostiquer un volumineux glioblastome du lobe temporal droit. Tumeur maligne incurable, malheureusement, et rapidement évolutive. Elle a exprimé plusieurs fois sa volonté de partir vite et dignement, de ne pas souffrir. Alors pourquoi s'acharne-t-il, à la fin ? Pour recruter une patiente de plus à allonger sur le billard ? Quel charognard ! Je l'aime bien, ce cancérologue, il défend bien sa patiente. Quand j'acquiesce à chacune de ses remarques, Martigues me fusille du regard.

— Laisse-la donc tranquille pour les quelques mois qu'il lui reste à vivre ! lui assène mon allié, de plus en plus excédé. Elle ne va jamais se remettre de cette intervention.

— Si je n'interviens pas, sa survie sera de trois mois… Pas plus.

— Et alors ? Passer six mois de plus dans un lit d'hôpital, tu trouves ça acceptable ?

J'opine du chef une fois de plus au moment où Mercier passe sa tête à travers l'embrasure de la porte.

— Qu'avez-vous à crier comme ça ? s'enquiert-il en toisant son assistant-chef de clinique. Je vous entends depuis mon bureau.

Les duellistes se lèvent et s'expliquent, deux discours qui se télescopent en un brouhaha incompréhensible.

— Stop ! crie Mercier en levant le bras. On ne se bat pas contre des moulins à vent, soupire-t-il. De la raison, Martigues, vous entendez ? De la raison et un brin d'humanité.

Le silence se poursuit dans la salle après le départ du professeur. Don Quichotte baisse la tête en fulminant. Le staff est terminé.

Je reconnais ses plantes de pied calleuses et ses orteils anormalement longs, écartés en éventail. Pas à plaindre, notre convalescent ! La tête cachée derrière une bande dessinée, Josic sursaute lorsque la porte vient claquer derrière nous. Il baisse la garde et esquisse son plus beau sourire.

— Ah… Ça fait plaisir de vous voir, les amis.

— Tu demandes du rab à chaque repas ou quoi ? le taquine Anna, en pinçant ses joues bien rebondies.

— Ouais… J'ai pris cinq kilos en quinze jours.

Et dire que les litres de bière qu'il s'enfilait à longueur de journée ne lui faisaient pas prendre un gramme !

— Avec tes cheveux peignés et ta barbe de quelques jours, tu es méconnaissable, commente-t-elle en s'asseyant sur son lit. Tu fais beaucoup plus jeune.

— Mon âge, quoi… Je suis devenu tellement canon que je commence à me faire draguer dans les couloirs. Une fille m'a même dit que je ressemblais à David Guetta. J'imagine que c'est un compliment. Il est beau, au moins ?

Anna éclate de rire.

— Magnifique ! Regarde-moi ! Ah oui, effectivement… De loin et de nuit, on pourrait se tromper.

— Et toi, Matthieu, tu ne dis rien… Tu me trouves comment ? *Je lui souris pour toute réponse.* Tu sais, j'ai même rencontré une fille…

— Celle qui te prend pour David Guetta ?

— Non, une autre. *Il paraît ému, tout à coup.* Elle s'appelle Hélène. C'est marrant, Marie-Lou m'en avait déjà parlé… Par hasard, je me suis assis à côté d'elle sur un banc. Tu le crois ?

Ma commère de cousine répond à ma place et veut tous les détails. Moi, j'écoute en silence et secoue la tête en soupirant si elle se montre trop indiscrète.

— Alors comme ça, Marie-Lou essaie de te caser avec ses patientes ? Tant qu'elle y est, elle pourrait mettre une annonce dans son service : mâle esseulé, en cure de sevrage, cherche âme sœur avec qui discuter et plus si affinités. Signe particulier : sosie de David Guetta.

Jo éclate de rire. Ça lui réussit en tout cas. Je ne l'ai jamais vu aussi souriant, affable et blagueur. Sauf peut-être quand on le croisait le matin au *Gobe-mouches* à l'heure du petit déjeuner. Quand il était encore à jeun. J'aimerais que ce soit toujours le matin pour Josic. Il était temps qu'il se réveille. Ses mains se sont même arrêtées de trembler. C'est sa grande fierté. Sa victoire.

— J'ai même pu faire une partie de ping-pong, tu te rends compte ? se retourne-t-il vers moi.

— Je te prends quand tu veux !

— Attends un peu que je fasse des progrès… Sous Valium à forte dose, je ne suis pas encore très adroit. Dans quelques semaines, je t'explose.

On se tape dans les mains. Un « check » suivi d'un « hug » viril à l'américaine. Je m'apprête à partir en souriant, content pour lui, bien décidé à l'affronter et à lui mettre la pâtée au ping-pong, quand il gâche tout.

— Au fait, Matthieu… Tu es en train de faire une belle connerie avec Marie-Lou. Je te le dis comme je le pense… *Eh bien, évite de penser tout haut !* Cette fille, c'est une magicienne. Dès qu'elle commence à te tourner autour, tu reprends des couleurs. Regarde-moi, aujourd'hui.

— Putain, Jo, c'est ton combat. Pas le sien !

J'ai été cassant. Je suis venu le réconforter et je le rembarre. Pourquoi vient-il me chercher, à la fin ? Que lui a-t-elle raconté ? Que j'étais le dernier des cons ? Sûrement. Il se lève et me rejoint près de la porte.

— Je ne te comprends pas, c'est la plus belle chose

qui pouvait t'arriver et tu fais tout foirer… Si tu ne lui redonnes pas le sourire, c'est moi qui vais m'en charger !

Qu'entend-il par là ?

— Reste à ta place, Jo ! Si tu veux un conseil… RESTE À TA PLACE !

Je le regarde, furieux, la main toujours posée sur la poignée. *Ne peuvent-ils pas se mêler de ce qui les regarde ?* Je remarque alors qu'il se mord les lèvres comme s'il réfrénait un fou rire. Quel était le but de sa dernière phrase ? Me provoquer ? Me faire réagir ? Me faire exploser ? Si c'était le cas, c'est plutôt réussi. Suis-je aussi prévisible ? Je prends le temps de le dévisager et de sonder son regard. Cet homme est beaucoup plus rusé et intelligent que moi. Même sous forte dose de Valium ! J'esquisse un sourire à mon tour avant de refermer la porte.

La magicienne doit bientôt commencer sa garde. Je le sais, j'ai noté toutes les dates dans mon agenda.

— Anna, tu m'attends dans la voiture, O.K. ? Je reviens dans cinq minutes, j'ai oublié quelque chose.

— Tu vas où ? La chambre de Jo, ce n'est pas par là !

Si elle croit que je n'ai pas remarqué son sourire en coin, à elle aussi.

Je pars, sans un mot, en direction de l'internat. *Qu'ils me fichent la paix !*

27

Loin des yeux, près du cœur

Marie-Lou

Lorsque l'infirmier m'a annoncé une entrée au pavillon *Bréhat*, j'ai tout de suite compris que cette garde allait commencer sur les chapeaux de roue. Je n'ai jamais mis les pieds en secteur fermé et j'ai toujours observé ce cube de béton avec un mélange d'inquiétude et de fascination. Tout y est sous scellés : la porte d'entrée, les chambres, l'armoire à pharmacie… Il y a même une chambre carcérale surveillée jour et nuit par deux policiers. À tous les coups, c'est là-bas.

Je me sens un peu sonnée quand les deux hommes aux casquettes referment la porte blindée derrière moi. Comme si je venais de recevoir une grosse claque dans la figure. Coyote m'attend sagement, assis sur ses pattes arrière et se met à aboyer en m'apercevant. Il m'emboîte le pas sans se faire prier, ravi de cette balade nocturne dans Bohars. Besoin de marcher, besoin de débriefer.

Comment cet homme – ce père de famille – a été

capable, sur un coup de tête, de menacer sa femme et ses enfants avec une carabine ? Une brutalité si soudaine, une telle froideur apparente. Après les avoir mis en joue pendant vingt bonnes minutes, il s'est ravisé. Vingt minutes pour inhiber sa rage assassine… On est vraiment passé tout près de la catastrophe. L'hospitalisation d'office par décision du préfet n'a pas fait un pli.

— Hum… « Une personnalité psychopathique », dirait Hubert d'un air grave. Pas de pathologie psychiatrique en tant que telle. Non, des traits de personnalité qui font froid dans le dos… « Un comportement impulsif », enchaînerait-il. Des émotions pauvres, une totale intolérance à la frustration.

Quelle frustration peut justifier un tel acte ? Aucune. Juste une remarque de trop d'une épouse fatiguée et soucieuse des fins de mois difficiles. Il n'y avait ni défi ni énervement précédant son accès de folie, c'est incompréhensible. Comme un court-circuit dont la seule réponse possible est l'agressivité.

Cet homme, allongé en chien de fusil, ne m'a pas adressé un mot et ne parlera pas. Ni ce soir, ni les autres jours. Hermétique à toute discussion, il vient de prendre la mesure de son accès de folie et de ses répercussions. En vingt minutes, il a tout perdu.

— Donne-lui une bonne dose d'anxiolytiques, m'a conseillé mon chef au téléphone. Il faut éviter qu'il ne repasse à l'acte… contre lui-même, cette fois-ci.

À ma grande surprise, il a avalé les cachets sans broncher puis a replié ses mains sur sa tête. La nature humaine est décidément si complexe et imprévisible. Comment peut-on traiter un tel trait de personnalité ?

Ce n'est pas une maladie. Comment éviter un nouveau court-circuit ?

La nuit tarde à tomber et je profite de cette longue soirée d'été pour déambuler dans le parc de Bohars avec toutes ces questions insolubles dans la tête. Et dire qu'une famille s'est brisée aujourd'hui… Mes pas sont lourds, et mon estomac vide me donne la nausée. Coyote me devance en sautillant et grappille quelques mûres dans les buissons un peu plus loin. Une tache rose sur le perron du pavillon *Ouessant* attire son attention, et je n'ai pas le temps de le retenir qu'il fonce déjà sur elle.

Miss Rose bonbon – une des plus anciennes pensionnaires – fume avec délectation sa dernière clope de la journée.

— Ooooh, qu'il est mignon *ch*e petit *cc*hien ! s'exclame-t-elle d'une voix stridente.

— Bonjour, madame Lorleach.

Dans quel magasin a-t-elle bien pu acheter cette robe de chambre ?

— Docteur Marie-Lou ! Quelle *ch*urpric*h*e ! Oh, mais appelez-moi Lola…

— Ce n'est pas Laurence, votre prénom ?

— Oh, j'ai toujours déte*ch*té *ch*e prénom. *Elle tortille sa longue natte blonde qui prend racine sur le côté de son crâne.* Lola, *ch*'est plus *ch*exy.

C'est à ce moment que je remarque deux traînées noires sur ses joues, traces d'un rimmel qui vient de couler.

— Ça ne va pas ?

— Un *ccch*agrin d'amour, encore une fois, soupire-t'elle. *Ch*auf que *ch*ette fois, *ch*'est pire... Mais je ne peux rien dire... J'ai *ch*igné un pacte de confiden*ch*ialité. *Elle arrondit sa bouche en cul-de-poule à la fin de chaque phrase.*

— Ah...

— Le *ch*tar-*chych*tem, comme on dit. *Ne pas rire, Marie-Lou, surtout ne pas rire. Je me pince.* Mais vous, vous êtes gentille. Alors j'vais vous l'dire... Mais atten*ch*ion, faudra pas le répéter ! Il est ho*ch*pitali*ch*é dans une autre aile... Approchez-vous. *Elle se penche et amène sa bouche pulpeuse près de mon oreille.* David Guetta, murmure-t-elle sur un ton de conspiratrice. En addictologie... Le pavillon des *ch*tars...

J'explose et me cache pour me mordre fortement les lèvres. *Respire, Marie-Lou, respire.* Les images de Josic me reviennent. Son air incrédule quand il me parlait de la blonde peroxydée qui lui courait après. Cette mythomane exubérante a bel et bien jeté son dévolu sur lui. Je me méfierais à sa place et lui dois d'en savoir plus. Lorsque je me retourne, d'un air impassible, Lola semble aux anges. Ses propos ont eu l'effet escompté.

— Je vous fais rire ?

— Non, non, pas du tout, dis-je, gênée. J'ai éternué, le rhume des foins... Alors, où en étions-nous... David Guetta, en addictologie donc...

Ces quelques mois en psychiatrie me font passer du rire aux larmes. Il faut vraiment que je m'endurcisse. Je me dirige hilare en direction de l'internat. Hilare et effarée. Comment le cerveau humain peut-il inventer des choses pareilles ? Aussi rocambolesques ? J'ai eu bien du mal à mettre un terme à notre conversation et je verrai Josic sous un autre angle maintenant. Plus branché, moins décalé. Il faut d'ailleurs que j'aie une sérieuse discussion avec le roi du *dance floor* pour le mettre en garde. Coupe-toi les cheveux, je ne sais pas, moi… Rase ta barbe et surtout… PARS EN COURANT !

Le réfectoire de l'internat est encore plus glauque que d'habitude. Après vingt-deux heures en semaine, tout le monde regagne ses appartements au premier étage. Les assiettes sales s'entassent dans la cuisine, il n'y a plus rien de comestible dans le frigo.

Coyote me regarde d'un air affamé, la truffe en l'air, et semble étonné de ne percevoir aucune odeur alléchante. C'est là que je commence à lui parler.

La folie me guette… Ou juste la solitude.

— Alors, ce soir, nous aurons des bouts de fromage pasteurisé au goût de plastique sur des biscottes sans sel. Ça te dit ?

Il se met à aboyer comme s'il me répondait. Un seul « ouaf » bien affirmatif.

– Tu vas voir, ça va être un festin. Crois-moi.

Je ne dormirai pas seule dans cette chambre de garde. L'odeur de chien mouillé et les petits gémissements d'un estomac bien rassasié font partie des nouveautés. Coyote a pris place sur le fauteuil à côté de la porte et monte la garde. Me voilà rassurée. Cette pièce me paraît lugubre et insalubre. C'est plus fort que moi. Qui s'est un jour soucié des prises qui pendent hors des murs et du conduit de la machine à laver qui traverse le lavabo ? Personne. Le portrait de Sigmund Freud au-dessus du lit me rend mal à l'aise lui aussi.

Où que je sois, il me scrute par en dessous, sourcils froncés. Heureusement qu'un de mes congénères lui a dessiné une grosse langue rose qui dépasse de sa barbe, ça le rend plus sympathique. Tiens, si je lui rajoutais des oreilles de lapin ?

Matthieu, tu me manques, si tu savais. Tu ne le mérites absolument pas, mais c'est une réalité. Quand vais-je un jour cesser d'avoir mal ? Si au moins, tu avais daigné m'expliquer, me parler tout simplement. Tes silences sont tellement insoutenables. La voix d'Hubert me parvient en sourdine. Celle que j'avais longuement écoutée, le week-end dernier, assise sur le rocher.

— Hum, cette personne est en souffrance… Incapable d'aimer pour le moment… Hum… Il faut d'abord qu'il vainque ses démons intérieurs avant d'aller de l'avant…

Je me bouche les oreilles. *Ferme-la, Hubert !* Loin de moi l'idée de le faire entrer dans une case. Avec mes patients, je passe mes journées à ça. Mais avec lui, je n'ai pas le recul nécessaire et j'avoue que cette idée m'effraie. Arrête de réfléchir, Marie-Lou. Pour une fois, mets ton cerveau en veille et dors ! Tu en as besoin.

La moquette rase m'agresse les pieds quand je m'approche du lit. Au moment de repousser les draps, je remarque une petite enveloppe blanche sur mon oreiller. Quand l'a-t-on déposée ? Vierge de toute inscription, elle ne m'est peut-être pas destinée. Et si c'était Jacques Kergos ? Coyote dresse ses oreilles, prêt à bondir. Mes doigts effleurent le papier et butent sur un petit objet rugueux et sinueux. Je regarde avec surprise cette petite algue séchée qui repose dans le creux de ma main. Ces mêmes filaments qui m'avaient recouverte sur le rocher de l'anse Saint-Nicolas. Mon cœur ne fait qu'un bond. Je cherche en vain une lettre. Ne serait-ce qu'une phrase, un mot...Non, rien que du goémon. Les mots font peur chez les Madec !

Matthieu... Que veux-tu me dire ? Que tu penses à moi, c'est ça ? Comment t'es-tu souvenu que j'étais de garde ce soir ? Nous deux, l'anse Saint-Nicolas, n'était-ce pas un rêve ? Je commençais à le croire. Qu'attends-tu, à la fin ? Pourquoi continues-tu à graviter autour de moi ? J'ai besoin de rapports simples. Pas de message codé sur un oreiller. J'ai besoin de toi. Pas d'une ombre qui passe en douce et qui disparaît. Besoin de toi et de personne d'autre. Je m'accroche à ce bout d'algue séchée comme à une bouée de sauvetage et le serre contre moi toute la nuit.

28

Les cheveux blancs

Matthieu

— Qu'est-ce qu'il fait, l'hélico ? Trente minutes pour venir de Pontivy…

Je râle en faisant les cent pas sur la piste d'atterrissage. Les deux brancardiers à côté de moi n'y peuvent rien, mais ça me fait du bien.

— Ce n'est pas possible ! Il aurait été plus vite en voiture…

Je suis bien décidé à me battre pour ce petit garçon de huit ans et l'attends de pied ferme. Ces six mois en neurochirurgie vont me donner des putain de cheveux blancs.

— Mais que fait-il ? Tiens, file-moi une clope, ça me détendra.

Quand l'urgentiste m'a appelé tout à l'heure, j'étais en pleine discussion avec le professeur Mercier. Depuis les mésaventures avec Martigues, il s'est arrangé pour être tout le temps de garde avec moi. En fait, je crois qu'il m'aime bien. Il était même en train de me vendre une partie de golf. Qu'il ne se mette pas en tête de m'emmener faire un dix-huit trous, c'est hors de question ! Même pour tirer le caddy.

J'avais mis le téléphone en mode haut-parleur pour que le médecin nous raconte l'histoire du petit Robin Le Carrer et les signes cliniques qu'il présentait. Nous visionnions en simultané les images du scanner qu'il venait de nous transférer. Une volumineuse tumeur arrondie siégeait au sein de son cervelet.

— Vu l'allure kystique de l'image, le rchaussement de la portion solide après injection de produit de contraste, je pense qu'il s'agit d'une tumeur bénigne, a enchaîné Mercier d'un ton grave. Un astrocytome, plus précisément… On verra après analyse. Prévenez le bloc pour qu'ils préparent la salle. Il ne faut pas traîner vu l'état du jeune garçon.

— Amenez-le tout de suite, avais-je ordonné à l'urgentiste.

Depuis, j'avais ameuté tout le service. Ça, je savais faire. Des brancardiers aux anesthésistes. Des infirmiers aux aides-soignants.

Tout le monde est sur le qui-vive maintenant.

Robin avait mal à la tête depuis un mois. Le stress avant la rentrée des classes de septembre, un classique. Ce n'était pourtant pas sa nature, mais tout le monde avait vu ce reportage sur le harcèlement à l'école. Alors, la semaine de la rentrée, tout le monde avait cherché. Pas d'ennemi juré dans la cour, pas de « Passable, peut mieux faire »… Non, un petit garçon plutôt bien dans ses baskets, qui ramène des « TB » à ses dictées. Et puis ce matin, le tableau s'est dédoublé devant lui. Il a fermé un œil, et tout a fusionné.

— C'est drôle, maîtresse.

Elle n'a pas vraiment ri, surtout lorsqu'il s'est mis à vomir en jets dans la classe. Là, ce n'était plus drôle du tout, et ça lui faisait terriblement mal à la tête. Comme si elle était serrée dans un étau.

Sitôt que le bruit des pales me parvient, j'écrase ma clope sous ma chaussure et me racle la gorge.

— Ah… Enfin !

C'est un petit garçon somnolent qui sort de l'hélicoptère, allongé sur son brancard. Un petit mignon aux taches de rousseur, derrière lequel je cours jusqu'à la porte du bloc opératoire. Trente-trois minutes pour arriver de Pontivy.

Putain de cheveux blancs.

Le mode automatique reprend en salle d'opération. Celui où la concentration est maximale. Celui qui fait s'arrêter le temps. Cette fois-ci, je n'ai pas les rênes. Vu la complexité du geste, le contraire n'aurait pas été possible. C'est tout petit, un cerveau de huit ans. Le cervelet, n'en parlons pas. Je tiens les écarteurs et assiste le patron qui reste d'un calme olympien.

Bip… Bip… Scalpel… Bip… Bip… Incision… Bip… Bip… Mise en place de la dérivation… Bip… Bip… Dure-mère… Tente du cervelet… Bip… Bip… On referme.

Quand j'arrive dans le vestiaire, il est quatre heures du matin. Le petit Robin est en salle de réveil et il a intérêt à se réveiller. Il le faut.

Dormir, je ne demande que ça. La tension est retombée, et c'est comme si on venait de me scier les jambes. Le staff est dans trois heures, et je n'ai pas le courage d'aller jusqu'à l'internat. En quête d'un lit de libre dans le service, la pancarte m'indique la chambre 55. J'y trouve un matelas bleu sans draps. Un des plus confortables. Rempli d'air, il donne l'impression d'être allongé sur une bouée. Je m'y enfonce, la tête la première, et m'endors en quelques secondes.

Je suis en train de lézarder sur le zodiac d'oncle Charlie au moment où Hugo et sa tronche de cake me font revenir durement à la réalité.

— Pourquoi me secoues-tu comme un prunier ? *Je le fais rire, apparemment.*

— Réveille-toi, c'est l'heure… N'arrive pas en retard vu l'humeur du patron. Il n'a pas beaucoup dormi cette nuit, lui non plus.

J'émerge difficilement de mon bateau gonflable et suis mon ami en traînant les pieds jusqu'en salle de staff. Je me cache derrière la toison de Martigues et m'affaisse sur ma chaise. Que personne ne m'adresse la parole ! Je veux végéter les yeux ouverts.

Mon téléphone m'indique un texto, il date d'hier soir. C'est Marie-Lou.

« Colis bien reçu. »

Je fixe ces trois mots durant toute la réunion avant de me décider à répondre.

« Varech trouvé sur la plage. C'est simple, tout me ramène à toi. » Envoyé. *Vvvou.*

29

Les experts ont toujours raison

Marie-Lou

Je me réveille avec ce message sur mon portable. Un *chting* sur ma table de nuit qui devance de quelques minutes la sonnerie du réveil. Peu importe. Des *chting* comme ça, j'en veux bien tous les matins.

« C'est simple, tout me ramène à toi. »

Je questionne le plafond, le sourire aux lèvres. *C'est simple ?* Alors pourquoi, de mon côté, tout est compliqué ! S'il croit qu'il va s'en sortir avec un petit texto et une algue dans une enveloppe ! Si vraiment tout le ramène à moi, pourquoi n'est-il pas dans mon lit en ce moment ? Pourquoi ne m'a-t-il pas suivie, l'autre soir, plutôt que de rester planté sur le trottoir ? Pourquoi suis-je aussi nerveuse maintenant alors que j'étais si contente quand j'ai lu ce message ? Parce que tout n'est pas fini. Parce que je peux espérer.

« Merci pour l'attention. Les goémons restent un beau souvenir. Sache que je les préfère humides. Celui-là était sec et s'est cassé dans ma main. » *Vvouu.*

De quoi le faire cogiter.

Éric m'interpelle à peine la porte du pavillon franchie.

— Tu peux venir voir Grégoire Philbert ? Il n'a pas l'air bien, il ne veut rien me dire mais il grimace comme s'il avait mal quelque part.

— On l'a vu avaler quelque chose ?

— Non, pas que je sache.

Sa mine grise et les gouttes de sueur qui perlent sur son front ne me disent rien qui vaille. Ni le ventre dur comme du béton qui se contracte à chaque passage de ma main. Impossible de le faire parler, il se recroqueville en chien de fusil et enfonce sa tête fiévreuse dans l'oreiller. Qu'a-t-il ingurgité ? Une fourchette ? Quelque chose de plus gros encore ? Je soupire en allant chercher mon stéthoscope au fond de mon sac. Celui que je n'ai pas eu le droit de sortir depuis le début de mon stage. L'absence de bruits hydro-aériques à l'auscultation de son abdomen confirme l'occlusion. L'occlusion au stade de péritonite. Ce n'est pas le gastro' que je dois appeler cette fois-ci mais le chirurgien viscéral, et il ne faut pas trop traîner. Heureusement, j'ai le 06 d'une des internes du service. Pas n'importe laquelle. La meilleure. Anna. *Au secours, Anna !*

— Hum… Tu lui as fait un toucher rectal ? me lance-t-elle très sérieusement après lui avoir décrit mon examen clinique.

— Un T.R. ? Non. Déjà qu'il a vécu ma main sur son ventre comme une agression, alors non, je ne lui ai pas mis mon index dans le derrière.

— Vous réfléchissez vraiment trop, les psychiatres,

ronchonne la chirurgienne. Comment veux-tu faire un diagnostic de péritonite sans faire de T.R. ? Bon, pour une fois, je vais m'en passer. Mais c'est bien parce que c'est toi…

— Merci pour ce régime de faveur, ironisé-je. Tu me le prends ?

Je constate qu'Anna est aussi dynamique et réactive au travail que dans la vie. Je l'entends à l'autre bout du fil commander une ambulance, réserver la salle de bloc et prévenir les anesthésistes. Tout ça dans le même temps.

— Si le diagnostic est retenu, on l'opérera dans la foulée, lâche-t-elle avant de raccrocher sans que je sache si cette phrase m'était adressée.

Je guette mon portable toute la matinée quand le tant attendu *chting* retentit dans ma poche en plein déjeuner. J'en lâche ma fourchette qui résonne dans mon assiette.

« Je rentre au bloc. Rappelle-moi de ne plus jamais répondre à mon téléphone quand tu m'appelles au travail. :((»

« C'est grave ? » *Vvouu.*

Chting. « Voici sa radio… Quel est ton diagnostic, docteur ? »

Je porte la main à ma bouche en poussant un cri étouffé. Cri suffisamment sonore pour faire se retourner toute la tablée d'internes. Les têtes se penchent alors sur l'ASP[1] de Grégoire Philbert, et les exclama-

1. Abdomen sans préparation : radiographie de l'abdomen.

tions effarées reprennent en chœur. Comment son ventre – si svelte – peut-il renfermer une telle quantité d'objets ?

— Une vraie quincaillerie ! s'exclame l'interne à côté de moi. C'est effroyable !

Des dizaines de clous, vis, boulons, trombones flottent dans les conduits sinueux de ses intestins. Ceux dont les contours radio-opaques se dessinent parfaitement telles des ombres chinoises. C'est au-dessus que ça se complique, juste au niveau de l'estomac. L'obstacle est là manifestement. Une chaîne de vélo ? Comment est-ce possible ? On en distingue tous les maillons qui s'entrelacent et s'enroulent contre les parois de la cavité gastrique. Comment a-t-il pu l'avaler tout entière ? N'a-t-il pas de réflexe nauséeux ? Et moi qui croyais qu'il allait mieux parce qu'il ne mangeait plus de fourchettes !

C'est sur ces considérations que je rentre de l'internat. Celles de l'appareil digestif confrontées à celles de la bicyclette. Mon esprit est ailleurs, au fin fond des entrailles de Grégoire Philbert. Trop absorbé pour remarquer l'individu qui me talonne et secoue les buissons à mon passage. Seul son grognement rauque quand il trébuche sur une racine me fait tourner la tête. Je le repère alors, l'homme au crâne chauve, cintré dans son imperméable. Celui qui vient d'apparaître au milieu des feuilles et ne cherche plus à se cacher. Ses yeux brillants me déshabillent et se mettent à courir derrière moi.

— Au secours, Huuubert !

Je claque la porte derrière moi et reprends mon souffle face à l'armée de Schtroumpfs qui me sourient.

— Qu'est-ce qui t'arrive ? sursaute mon chef de service derrière son bureau.

— Fais… Fais quelque chose, je t'en supplie.

— Mais QUOI, à la fin ?

— Ja… Jacques Kergos. Il m'a coursée depuis l'internat. Il voulait me sauter dessus, je te jure.

— Calme-toi, Marie-Lou…

— Je te jure… Son regard avait changé, il me voulait du mal… Je l'ai senti.

— Jacques n'a jamais fait de mal à une mouche !

— Justement, je ne suis pas une MOUCHE ! Hubert, s'il te plaît, fais quelque chose.

Je me mets à gémir sur ma chaise. Tournos s'incline enfin.

— Je vais aller lui parler, soupire-t-il. Le menacer d'appeler les flics s'il continue… Ça aura de l'effet, il a une peur bleue de l'uniforme.

— De l'uniforme ? Pourquoi ne me l'as-tu pas dit plus tôt ? Je vais enfiler une blouse alors. Celle que tu m'as retirée le premier jour et ce sera réglé !

— Non… Tu ne t'en approches plus. Dorénavant, tu vas en voiture à l'internat. Au moins jusqu'à ce qu'il calme ses ardeurs.

Je grimace, voyant ma liberté ainsi réduite, et me demande vraiment comment je vais désormais pouvoir cohabiter avec Jacques l'érotomane. Dans le même service, en plus ! On est au mois de septembre, il me reste encore un bon mois d'internat. Quand je quitterai Bohars, nul doute qu'il y sera encore.

Voilà bientôt cinq heures qu'Anna est entrée au bloc opératoire, et je n'ai toujours pas de ses nouvelles. J'imagine que si elle retire les objets un à un, ça va prendre un certain temps. L'intestin de Grégoire Philbert est comme le tonneau des Danaïdes, une histoire sans fin. La conséquence d'une anxiété intolérable qu'on n'arrive pas à apaiser. Quelque chose me dit qu'il s'empressera de recommencer. Malgré les théories neurobiologiques d'Hubert les plus novatrices, l'essai de différents neuroleptiques, le recours à une psychothérapie individuelle, il faut avouer que son cas nous échappe. J'ai bien compris dans les yeux du professeur qu'il n'avait plus d'idées le concernant et qu'il se demandait s'il n'allait pas passer la main à une autre équipe. L'œil nouveau d'un confrère fait parfois émerger des pistes thérapeutiques auxquelles on n'avait pas pensé.

— Dans ce métier, il faut savoir rester humble, a-t-il soupiré.

Dans la série « cas qui nous échappent », Hubert a également géré la cellule de crise « Jacques Kergos ». Celui-ci a d'abord tenté de nier les faits d'un air faussement offusqué.

— Moi ? Non, pas du tout ! Je vous jure, docteur !

Propos difficilement recevables vu son essoufflement et les feuilles arrachées sur les pans de son imperméable. Il a fini par avouer qu'il m'avait suivie par curiosité. Drôle de curiosité !

Hubert essaie à nouveau de me rassurer – sans me

faire le coup de la mouche – cette fois-ci, et m'installe dans son bureau avec la ferme intention de m'y confiner tout l'après-midi.

— Daguain m'a parlé d'un sujet sur les troubles compulsifs dans la maladie de Parkinson, ça te rappelle quelque chose ?

J'acquiesce en faisant la moue. Comment oublier l'or en barre de Daguain ?

— À ce propos, je t'ai mis de côté quelques articles d'imagerie fonctionnelle, me glisse-t-il en désignant une grosse pile de documents. C'est intéressant, tu verras, de quoi nous donner des idées pour une future étude… *Je ne peux m'empêcher de hausser les sourcils.* Quand tu auras fini, appelle-moi, on pourra en discuter.

Je n'ai absolument pas la tête à lire des articles scientifiques qui décortiquent les aires anatomiques du cerveau – en anglais, en plus –, mais je vois bien que c'est une excuse pour me garder bien calée entre ses deux accoudoirs. Alors, en bonne élève, j'attrape la première feuille et commence à la parcourir en diagonale. Hubert hoche la tête d'un air satisfait avant de refermer la porte derrière lui.

Au bout de deux heures, je suis toujours devant la même page dont je ne comprends même pas le titre. Ma main droite s'est désolidarisée et s'est amusée à dessiner sur le sous-main en papier en mode automatique. J'observe avec étonnement le visage griffonné du professeur qui plisse les yeux, tout sourire, derrière ses petites lunettes rondes. Il prend des airs de Grand Schtroumpf. Je m'applique à lui ajouter un bonnet rouge sur la tête pour parfaire la comparaison quand Éric me fait sursauter en s'esclaffant par-dessus mon épaule.

— Ha ha ha ! Je ne connaissais pas tes talents cachés ! Je le veux, ce dessin ! Moi qui pensais que tes neurones étaient en ébullition et que tu avais besoin d'un peu de distraction…

Je rougis, gênée d'avoir été démasquée.

— Je vais rentrer. Je n'arrive pas à me concentrer… La preuve !

Je lui tends mon dessin.

— Une tasse de thé avant de partir ? *Je secoue la tête.* Des petits gâteaux ? Des tranches d'andouille ? Un verre de vodka ? *Tout y passe, du moment qu'il arrive à me faire garder le sourire.* Je t'aurais bien emmenée à la pêche ce soir, mais la mer sera haute à notre sortie.

— Dommage…

Des cris stridents provenant de l'office interrompent notre discussion. Éric fronce les sourcils et s'immobilise le temps d'un regard, avant de se précipiter hors du bureau.

— Ha ! Mais ce n'est pas vrai !!! C'est quoi, ça ? hurle l'aide-soignante devant la porte d'entrée du pavillon. À l'endroit même où vient d'être déversé un gigantesque tas de goémons. L'eau de mer commence à ruisseler à travers les filaments et se répand dans toute la pièce en dégageant une odeur iodée.

— Des algues ? s'interroge Hubert, qui vient d'accourir lui aussi et manque de s'étaler en surfant sur une flaque.

— Pff…

Je me mets à éclater de rire sans pouvoir m'arrêter.

Un rire nerveux qui me plie en deux et me fait mal au diaphragme. Mes trois spectateurs me regardent, stupéfaits.

— Qu'est-ce qui te prend ? s'étonne Hubert. Tu passes du rire aux larmes… Enfin, l'inverse plutôt.

— Rien, rien… *Son air incrédule me fait pouffer de plus belle.* C'est juste… juste une blague de carabin…

Les clignements de paupières et les haussements d'épaules reprennent en salve. J'y vois l'ombre d'un sourire.

— Et… elle t'est adressée, cette blague ?

— Oui, je crois bien… Enfin, je suis sûre !

— Encore le chirurgien ?

— Ça y ressemble…

— Eh bien, il a une drôle de façon de te redonner le sourire, celui-là, soupire Hubert en levant les yeux au ciel.

— Je trouve aussi…

Cette journée de travail se termine comme elle a commencé : aussi chargée émotionnellement et surréaliste.

À quatre pattes, en train d'éponger le sol de l'office, mon fou rire se poursuit en pensant au chirurgien. Celui qui m'a prise au mot. Elles n'étaient pas humides, ses algues, mais complètement imbibées ! Comme s'il m'avait ramené l'océan tout entier !

Je prends le temps de lui envoyer un petit texto entre deux coups de serpillière.

Cinq mots qui me font sourire.

« T'es un grand malade ! » *Vvvouu.*

30

Le grand asticot

Matthieu

Je me rends bien compte que toutes les secrétaires gloussent derrière leurs écrans dès que j'entre dans la pièce.

— Qu'est-ce qui vous rend d'aussi bonne humeur ? Vous voulez ma photo ?

C'est à ce moment que Christine éclate de rire et me montre du doigt le mur au-dessus de la machine à café. Celui devant lequel je reste planté, stupéfait par ma découverte.

— Ah, d'accord… Vous vouliez vraiment ma photo !

Les infirmières de nuit m'ont tiré le portrait quand j'étais en train de dormir sur mon matelas gonflable entre quatre et sept heures du matin. Les traîtresses ! Elles ont dû s'en donner à cœur joie. La tête enfoncée dans l'oreiller en plastique, les cheveux en pétard et la bouche entrouverte. On dirait que je suis complètement défoncé. Ah, ça rigole !

Je me pavane en slalomant entre les bureaux. Petit spectacle qui fait son effet.

— Oh, mais il fallait me le dire, les filles, que je vous faisais rêver. La prochaine fois, je poserai vraiment pour vous. Du style calendrier du XV de France, en slip ou même à poil si vous le voulez…

Christine rougit et porte la main à sa bouche.

La feuille posée devant moi accentue encore davantage ma bonne humeur. Je viens de l'extraire du tas d'enveloppes qui m'attendait dans ma case. Je souris à ce bout de papier. Un sourire soulagé et sincère. Quand on y pense, l'avenir du petit Robin tient sur cette feuille A4. Quelques lignes pour décider de son sort.

Bénin, c'est bénin. Un astrocytome kystique, Mercier avait raison. L'exérèse a été complète. C'est écrit noir sur blanc, et je le relis plusieurs fois pour m'en assurer. L'affreux caillou qu'on a retiré de son cervelet il y a quelques jours ne lui ôtera pas la vie. Il s'en est fallu de peu.

Saleté de caillou.

En sortant du secrétariat, Christine répond à mon sourire tout en continuant à pianoter sur son clavier. Elle est douée, Christine ; en plus, c'est elle qui dépose les enveloppes le matin. Celles qui apportent les bonnes nouvelles ! Je me penche pour lui faire la bise, faute de tablette de chocolat.

— Qu'est-ce qui te prend ? glousse-t-elle, en rougissant de nouveau.

Je lui tourne le dos en haussant les épaules, juste pour la faire réfléchir. Trop pressé d'aller rendre visite au petit miraculé.

— C'est qui, ce grand asticot en pyjama ?

Je pointe le dessin posé sur ses genoux où figure un grand rond surmonté de touffes jaunes. Deux billes bleues trônent au milieu ainsi qu'une grande lune rouge qui me sourit. Je crois reconnaître le grand V bleu du pyjama de bloc au bas de la page.

— C'est toi ! s'offusque Robin, plutôt fier de son chef-d'œuvre.

— Moi ? Tu rigoles ?... Je suis plus baraqué que ça, quand même ! Tu as oublié les épaules, non ?

Je lui montre du doigt le long cou filiforme en forme de tuyau.

— Ha ha ha ! Peut-être bien, mais il n'y avait pas assez de place sur ma feuille. Je te la laisse, si tu veux. En fait, je l'ai dessiné pour toi.

Je lui donne une petite tape sur l'épaule et m'empare du chef-d'œuvre.

— Merci... Ça mettra un peu de couleur au-dessus de mon bureau.

En regardant de plus près, j'aperçois à côté de mon portrait un minuscule petit bonhomme en noir et blanc, allongé sur un lit.

— C'est toi, là ?

— Oui, dit-il tristement.

— Alors, rajoute-lui un sourire à ce petit garçon... Je le préfère comme ça. Tu lui colores son visage en rose parce qu'il a repris des couleurs... Tu l'habilles aussi, car il va bientôt rentrer chez lui ! Il est guéri.

Ses pommettes pleines de taches de rousseur s'arrondissent.

— Tu peux même rajouter un paquet de bonbons sur sa table de nuit.

— Bah, non… Il n'y a pas de bonbons !

— Comment ça ? Que tu crois ! Regarde mieux.

Je sors de ma poche un sachet de fraises Tagada acheté dans le hall que je dépose sur sa table de nuit.

— Si on t'embête, tu dis que c'est une prescription du médecin… Le grand asticot en pyjama ! J'inscris sur sa feuille de température au crayon à papier : 1 Tagada matin, midi et soir, et 1 au goûter si besoin.

Robin arrondit sa bouche en un grand « O » et se lève de son lit pour me raccompagner sur le pas de la porte. Il a les yeux qui pétillent et les joues qui prennent la couleur des fraises acidulées. J'ai gagné ma journée.

Il me saute dans les bras sans me laisser partir, j'en reste sans voix, mon dessin à la main. Ce n'était rien qu'un paquet de bonbons ! Je souris en lui caressant les cheveux. C'est à ce moment qu'elle apparaît au fond du couloir. Marie-Lou, dans sa robe blanche de vestale. Que vient-elle faire dans mon service ? Elle me regarde bouche bée en ralentissant le pas. Je m'apprête à lui faire signe quand le professeur Machin-Chouette fait son entrée, lui aussi. Encore lui ? Est-ce que ça concerne le décor marin déposé dans son pavillon ? Dix seaux déversés en plein après-midi sans me faire remarquer. Un vrai challenge ! Est-il venu me passer un savon ? Son sourire en coin m'indique pourtant le contraire.

Je tape dans la main du petit bonhomme. Un « check » suivi d'un clin d'œil avant qu'il regagne sa chambre, et je me tourne vers eux.

31

Au-delà des apparences

Marie-Lou

Ce matin-là, je suis allée rendre visite à Martin Beaulieu, mon petit diable. Le professeur Mercier, assisté par Matthieu, l'a opéré il y a quelques jours. Depuis, je n'ai pas de nouvelles. Avaient-ils réussi à enlever la tumeur en totalité ? Était-ce bien bénin ? Avait-il fait d'autres crises ? Quel traitement antiépileptique avait-on choisi ? Ma curiosité se mêlait à ma conscience professionnelle. Je me devais d'aller au bout de ce dossier.

Hubert a voulu m'accompagner à la Cavale Blanche. Les réanimateurs venaient de lui demander des précisions sur la maladie de Grégoire Philbert qui avait fait un choc septique le lendemain de son intervention. Il était entre la vie et la mort. Quel était le pronostic de sa schizophrénie ? Avait-il une chance de guérison ?

— Guérison ? s'était étranglé Hubert.

Devaient-ils vraiment continuer à le réanimer ?

— Compliqué d'en discuter par téléphone, leur avait répondu le professeur d'un ton grave.

Quand nous sommes arrivés en réanimation, l'infirmière à l'accueil nous a annoncé que ce n'était pas la peine d'entrer, qu'il était décédé dans la nuit d'un arrêt cardio-respiratoire. Hubert a pincé ses lèvres pour qu'elles arrêtent de bouger puis m'a conduite vers la sortie, la main posée dans le creux de mon dos.

On a marché sans dire un mot. Je suis sûre qu'on pensait à la même chose. Triste vie, triste fin. La médecine est parfois bien impuissante et la mort perçue comme une libération.

On est restés mutiques jusqu'au couloir de neurochirurgie. Là où Hubert a retrouvé le sourire. D'un coup, d'un seul. Le spectacle qui nous faisait face l'a ravi autant qu'il m'a surprise. Que faisait son chirurgien préféré dans les bras de cet enfant ? Que faisait MON chirurgien préféré dans les bras de cet enfant ? Cet ours mal léché pris en flagrant délit de tendresse. Plus de parade, plus de carapace, juste Matthieu. Celui qui m'avait déjà montré son vrai visage et qui me manquait à en crever. Une scène pour me fissurer de l'intérieur. Mes jambes se sont mises à flageoler. Heureusement qu'Hubert me poussait encore dans le dos sinon je n'aurais pas pu avancer.

— Vous cherchez quelque chose ?

Matthieu s'est efforcé de retrouver son masque, impassible et distant.

— La chambre de Martin Beaulieu, ai-je répondu sur le même ton.

Il a paru surpris un instant et m'a regardée droit dans les yeux. Comme s'il se demandait si c'était la seule et unique raison de ma venue. *Pour ça, il ne fallait pas remettre le masque !* J'ai soutenu son regard en coupant ma respiration. Il s'apprêtait à ajouter quelque chose quand Hubert, dans un accès de tics, s'est raclé la gorge et l'a détourné de sa cible. Moi, en l'occurrence. Après un coup d'œil déçu dans ma direction, il s'est ravisé et nous a indiqué la porte 42 d'un geste de la main.

— Enfin une bonne nouvelle dans cette journée !

Hubert, au volant de sa voiture, vient de rompre le silence. De quoi parle-t-il ? Depuis ma rencontre à l'improviste, je suis distraite et n'ai qu'une pensée : quand vais-je le revoir ? J'ai tant de choses à éclaircir. Ses sautes d'humeur, l'affaire Cléopâtre, le coup des algues… Éclaircir. C'est bien le mot qui convient. Marre du côté sombre, marre du brouillard. J'émerge de ma bulle.

— Quoi ?

— Je pensais à Martin Beaulieu.

— Ah, oui. Il va bien. Ça fait plaisir…

— Un triomphe, Marie-Lou… Un triomphe, répète-t-il.

Hubert et l'art de l'emphase ! En entrant dans le parc de Bohars, j'aperçois Jo et Hélène De Pommerol assis sur un banc qui se dorent au soleil.

— Regarde, Hubert, un autre triomphe. Tu ne trouves pas qu'ils ont plus une tête de touristes que de convalescents ? *Le professeur sourit dans leur direction.* Tu peux me déposer là ? J'aimerais leur parler.

Jo s'est mis sur son trente-et-un, ce qui signifie qu'il

a enfilé un tee-shirt propre et s'est peigné les cheveux. Je lui rends son sourire moqueur en sortant de la décapotable rouge.

— La classe ! siffle-t-il. De plus en plus proche du professeur, à ce que je vois…

Mon froncement de sourcils lui fait comprendre qu'il peut garder ses commentaires pour lui en présence de mes patientes.

— Tu sors bientôt, non ?

— Oui, dans deux jours. Je suis dans les starting-blocks… Je ne réalise pas bien. On en parlait justement avec Hélène.

— Notre sortie est prévue le même jour, sourit timidement Mme De Pommerol.

— C'est votre sœur qui viendra vous chercher, n'est-ce pas ?

— Oui, elle m'a proposé de m'héberger quelque temps. Après, on verra.

Voilà plusieurs semaines qu'elle ne prononce plus le nom de son mari. Il a pourtant tenté de s'entretenir avec elle et de la remettre dans le droit chemin – son chemin à lui –, mais elle a constamment refusé de le voir. La plaie est toujours béante et n'est pas prête de se refermer.

— C'est quand même inadmissible ! s'est-il énervé plus d'une fois contre le service. Ne pas pouvoir parler à sa propre femme ! Savez-vous au moins à qui vous avez affaire ?

— À un homme en colère, lui a répondu Éric le plus calmement possible. Votre épouse est en droit de refuser certaines visites si elle estime que cela peut nuire à sa guérison. Je me dois de le respecter et je vous encourage à faire de même.

— Arrêtez avec vos grands mots ! Je vous interdis…

J'ai cru qu'il allait en venir aux mains, mais la carrure de l'infirmier l'en a vite dissuadé. Il n'est jamais revenu.

Elle se tient droite sur son banc et croise délicatement ses jambes, la jupe bien tirée sur ses genoux. Posture qui dénote sa volonté de rester fière, d'aller de l'avant avec courage et obstination. Celle de tout recommencer. Jo la regarde discrètement du coin de l'œil avec admiration. Il bombe le torse, lui aussi. Je pose la main sur son épaule saillante.

— À ta sortie, si tu veux, je pourrai te ramener.

Il semble gêné par ma proposition et s'affaisse d'un seul coup.

— Euh, ça ne sera pas la peine, bredouille-t-il en lorgnant ses pieds. C'est gentil, en tout cas… *Le silence qui suit l'invite à m'en dire plus.* En fait, je partirai le matin même en bateau… Matthieu m'a proposé de me prêter sa maison à Groix.

À Groix ? Jo ? Je marque un temps d'arrêt.

— Monsieur aurait-il décidé de se mêler de la vie des autres, maintenant ?

Le ton acerbe de ma question n'échappe pas à Jo qui ne sait plus quoi répondre du coup.

— Il me l'a proposé sur le ton de la rigolade au début. C'est d'ailleurs ce qui m'a plu… C'était une blague et c'était spontané.

Je lui souris. Le tas d'algues me revient à l'esprit.

— Du Matthieu tout craché !

— Oui, c'est tout lui. Il m'a parlé de sa cabane, ça m'a donné envie. Je continuerais bien mon exil sur cette île, juste quelques semaines. Un nouveau départ loin du *Gobe-mouches*, loin des souvenirs. Je n'y suis jamais allé. Ça vaut le détour, non ?

Hélène acquiesce en connaisseuse. De mon côté, aucune phrase ne pourrait décrire ce que j'ai ressenti. S'il savait ! Ça vaut beaucoup plus qu'un détour ! Le risque, c'est qu'il ne veuille jamais repartir !

Coyote fait des bonds sur le palier et me perce les tympans de ses aboiements stridents. On dirait qu'il fait ses gammes. L'art de monter vers les aigus pour finir par de petits gémissements d'impatience.

— Du calme, du calme…

Une clef oxydée dans une serrure rouillée, forcément ça coince. J'appuie de toutes mes forces et j'essaie tant bien que mal de chasser les mauvais souvenirs qui me reviennent. Quand la porte grince enfin, Coyote se faufile entre mes jambes.

Je resterai seulement quelques minutes. Juste le temps de lui remplir deux valises.

— Deux ? lui ai-je demandé.

— Oui. Une avec quelques vêtements. Ceux que tu trouveras. Ne t'étonne pas si ma garde-robe est pratiquement vide. De toute façon, c'est l'autre qui m'intéresse, celle avec mon matériel de peinture. Il est rangé dans la chambre du fond, celle qui me sert d'atelier.

La chambre du fond ? N'est-ce pas derrière ce rideau à moitié caché par cette grosse armoire en chêne massif ? Je ne connaissais pas l'existence de cette pièce. L'odeur d'essence de térébenthine qui s'en dégage confirme mon hypothèse. J'avance à l'aveugle sur la pointe des pieds de peur de buter sur quelque chose. Où sont les volets ? Lorsque la lumière du jour jaillit sur les murs jaunis, comme celle d'un vidéo-projecteur, je reste figée. Le spectacle est à couper le souffle. Plusieurs planches de contreplaqué sont adossées au mur et colorent la pièce d'un patchwork de teintes vives. Est-ce réellement l'atelier de Jo, ou a-t-il dévalisé une galerie d'art ? L'inscription en bas à droite de chaque tableau conforte ma première supposition. Ce mélange de papier collé et de peinture représente des scènes de la vie quotidienne avec une telle précision et minutie qu'on dirait des photographies. Je reconnais Yvonne derrière son comptoir. Matthieu, un verre à la main. Écume assis face à la mer avec, en arrière-plan, les mâts des bateaux du port du Moulin-Blanc. Les larmes me montent aux yeux, c'est magnifique. Voilà enfin l'énigme des découpages percée à jour ! Josic a bien caché son jeu.

Quand je repense à ma première impression, le jour où je l'ai rencontré au comptoir du *Gobe-mouches*... Sa casquette délavée, son tee-shirt improbable, ses charentaises, son chien plein de puces. Est-ce vraiment le même qui sort du toiletteur et qui sautille à mes pieds ? Ne jamais se fier aux apparences. Jo est au-delà des apparences. Un vrai trompe-l'œil. Je l'ai très vite compris. Derrière la roche se cache un diamant à l'état brut. Celui qui me donne envie de pleurer en ce moment.

32

La trêve

Matthieu

Les bureaux des médecins sont déserts à cette heure. Si je n'avais pas ma thèse à finir, je serais déjà rentré depuis longtemps. Encore la conclusion à rédiger et je l'envoie au jury. La soutenance a lieu mi-octobre, et je n'arrive pas à réaliser que c'est dans un mois. On y sera vite. Un bruit de chaise attire mon attention en passant près du secrétariat. Martigues est assis près de la machine à café, les épaules basses et le regard dans le vide. Dure journée pour cet homme. Dur fardeau sur la conscience que la mort d'une femme. Ce n'est pourtant pas de sa faute, mais il se sent coupable. C'est plus fort que lui. Il n'a pas pu la sauver. On ne nous a jamais parlé de ce sentiment d'impuissance pendant nos études de médecine. Celui qui nous traverse dans ces moments-là et que l'on trouve inacceptable.

Cette jeune patiente est morte, et c'est injuste. Vingt-sept ans, presque mon âge. Elle avait un volumineux anévrisme de l'artère communicante antérieure et ne le savait pas. Elle est tombée de sa chaise ce midi en se tenant la tête. Elle venait d'éclater de rire. Le samu n'a pas traîné, mais elle est quand même arrivée trop tard à l'hôpital. Coma profond, Glasgow 3 [1], pupilles aréactives. Martigues l'a opérée parce qu'il faut se battre. On est là pour ça, non ? Qui ne l'aurait pas fait à sa place ? État de mort cérébrale, a indiqué l'électroencéphalogramme.

L'assistant-chef de clinique s'est senti seul malgré tous les soignants qui l'entouraient. C'est au médecin d'annoncer les mauvaises nouvelles. Telle est la règle, même si elle n'est écrite nulle part.

La mort brutale – celle qui ne prévient pas – est innommable, mais il faut tout de même trouver les mots pour l'annoncer. Au petit ami, celui qui a raconté la blague et qui l'a vue tomber à ses pieds. Aux parents qui ont accouru dès qu'il les a prévenus.

Putain de cheveux blancs.

Je n'ai jamais vu mon collègue aussi marqué. Il est livide. Qu'est-ce qu'il fait tout seul dans le secrétariat à cette heure ? Pourquoi ne rentre-t-il pas chez lui retrouver sa femme ? Je ne peux pas laisser un homme au pied du mur, quel qu'il soit – même Martigues – et décide de faire une trêve dans notre « guerre des boutons ». Je mets mon amertume et ma fierté de côté et m'efforce de lui demander :

— Tu veux venir boire un coup ?

Martigues lève la tête et me dévisage longuement comme s'il me sondait.

1. Échelle d'évaluation de l'état de conscience.

Rassure-toi, pas de coup tordu, cette fois-ci. Juste un verre pour se changer les idées.

— Le cocktail qui tue les mouches ? finit-il par demander.

— Ouais, si tu veux.

Je ne pensais pas qu'il serait aussi facile à convaincre.

Il se lève et fait tomber sa blouse sur le dossier de sa chaise.

— Il m'en faudrait un double alors…

Yvonne lui fait les yeux doux depuis tout à l'heure. Les chirurgiens lui font toujours autant d'effet, surtout quand ils ont ce côté bestial avec des poils qui dépassent de la chemise. Je trouve qu'elle fait des efforts : pas trop de « couilles-culs-nichons », juste des petits rires aigus et des regards en coin derrière le comptoir. Hugo fait la conversation. Je savais bien qu'il serait excellent dans ce rôle-là et ne lui ai absolument pas laissé le choix.

— Tu ramènes ta fraise illico presto… Martigues est au fond du trou, je viens de l'inviter à prendre un verre.

— Qu'est-ce que tu manigances encore ? m'a-t-il répondu sur la défensive.

Je n'ai pas apprécié qu'il me croie sans pitié, prêt à abattre un homme à terre et je me suis empressé de le lui dire. Il s'est pointé en moins de dix minutes.

Le fameux cocktail n'a pas le même effet sur Martigues que sur les mouches. Ses joues reprennent des couleurs et se dérident progressivement. Il nous raconte sa vie, et je comprends pourquoi il n'avait pas envie de rentrer chez lui. Depuis un mois, sa femme l'a quitté, et il dort à l'hôtel. Personne n'a été mis au courant, il espérait que la situation s'arrangerait, mais elle est en train de s'envenimer encore plus : demande de divorce, rendez-vous chez l'avocat… Bref, le panier de crabes. Hugo s'étonne et quémande des détails. Moi, je n'arrive pas à faire semblant et me détourne de la discussion. Je veux bien avoir de la compassion sur ce qui s'est passé cet après-midi, mais au sujet de sa vie personnelle, c'est autre chose. Il ne faut pas pousser !

Depuis tout à l'heure, je repousse le moment où je vais devoir monter à l'étage affronter Marie-Lou. Le « grand malade » a cessé de lui envoyer des messages mais crève chaque jour un peu plus. Elle a raison, je suis vraiment un grand malade et ferais bien de prendre mes distances avant de la détruire encore plus. Je resterai donc sur le pas de la porte et m'empresserai de récupérer la saucisse sur pattes que je m'apprête à rendre demain à son propriétaire. Celle qui l'accompagne depuis quelques semaines et qu'elle a lavée et soignée, comme elle sait si bien faire. Je prendrai Josic au saut du lit et nous partirons dès demain matin. Si le vent est avec nous, nous arriverons à Groix en fin de journée.

Au moment où je me décide enfin à partir, j'aperçois Anna qui passe sur le trottoir. Elle tourne la tête vers nous par réflexe et continue son chemin. Aussitôt, je la vois faire deux pas en arrière et nous observer bouche bée. Ses yeux alternent entre Martigues et moi, comme deux balles de ping-pong. Un film est en train de se dérouler dans sa tête. Comme Hugo, elle s'imagine déjà le guet-apens, mais ça m'amuse, venant d'elle. *Eh oui, cousine, imagine-toi que je viens de ver-*

ser du laxatif dans le verre de ton bien-aimé ! Et alors ? Je hausse les épaules en lui souriant, ce qui a le don de l'énerver encore plus. Elle me fusille du regard, lève la main vers moi puis détale en faisant voler le jupon de sa petite robe rouge.

La brune hystérique se rue vers moi dès que la porte s'ouvre.

— Je peux savoir ce que tu trafiquais avec Bruno ? Ne me dis pas que tu l'as juste invité à prendre un verre, je ne te croirais pas.

Je reste de marbre malgré ses petits coups de poing acérés sur mon torse. *Hargneuse, cette grande cane !*

— Alors, va lui demander… Ne te gêne pas, dis-je calmement. Ça lui fera plaisir de te voir, vu ce qu'il vient de nous révéler.

— Quoi ? Arrête de me faire marcher, me crache-t-elle.

Je ne peux m'empêcher de sourire, elle est tellement drôle quand elle sort de ses gonds.

— Vas-y, je te dis… Il n'attend que ça.

Je n'en reviens pas. Pour me débarrasser d'elle, je la dirige tout droit dans les bras de Martigues. C'est nul et ça ne me ressemble pas. Pourtant, quand j'aperçois Marie-Lou assise sur le canapé, je n'ai qu'une envie : rester seul avec elle.

Ne pas aller plus loin que le pas de la porte. Ne pas m'approcher.

Je plonge mes yeux dans les siens et plus rien n'a d'importance, même la porte qui vient de claquer derrière moi.

33

Souviens-toi

Marie-Lou

— Je viens chercher Coyote, m'annonce-t-il sans décoller son dos de la porte.

Je regarde le petit toutou couché à mes pieds. Il n'a manifestement pas du tout l'intention de bouger. La voix grave et envoûtante de Bertrand Belin résonne dans le baffle au-dessus de ma tête. Elle est triste, cette chanson, ou peut-être est-ce juste ce que je veux en faire. Une chanson triste. Je déforme tout en ce moment.

« Il y a ce chien pour se taire à mes jambes [...]

Y en a-t-il... Y en a-t-il un pour lui dire que je suis venu [...] On ne laisse pas l'homme attendre ainsi debout... »

Étranges paroles. Elles arrivent bien à propos. Je prends le temps de le regarder, je sais qu'il pense la même chose que moi. Il le connaît par cœur, ce CD, c'est même lui qui me l'a offert. Pourquoi n'avance-t-il pas ? Je lui fais peur ou quoi ? Il a l'air mal à l'aise et se frotte l'arrière de la tête.

— O.K., il y a ce chien pour se taire à tes jambes...

Je lui souris en haussant les épaules. J'ai bien envie de me taire moi aussi. Il avance vers moi d'un pas hésitant. Sa pomme d'Adam remonte et descend sans discontinuer, sa langue passe sur ses lèvres.

— Il n'a pas l'air d'avoir envie de me suivre, enchaîne-t-il.

Je secoue la tête d'un air désolé.

Quand il s'agenouille pour lui tirer le collier, Coyote colle son museau et ses pattes au parquet en position « pas bouger », refusant de se faire traîner ainsi.

— Allez, viens... Qu'est-ce qu'elle t'a fait, Marie-Lou, elle t'a envoûté ou quoi ?

Il lève la tête et me mange des yeux.

— Ça va, toi ? *Il se rembrunit.* T'as perdu du poids, non ?

— Non...

Qu'est-ce qu'il croit ? Que je vais lui avouer que je n'ai plus d'appétit ? Que je n'ai plus goût à rien ? Est-il vraiment prêt à savoir tout le pouvoir qu'il a sur moi ? Trois kilos, la première semaine, et après j'ai arrêté de me peser. Ça risquerait de le faire partir en courant, s'il savait.

Tout en poussant le chien doucement avec son genou, il s'approche encore.

— Tes yeux, ils paraissent plus grands, murmure-t-il en caressant doucement ma joue.

Pourquoi reculer sur le canapé quand tout mon corps veut le contraire ? Son regard est si intense, je voudrais y plonger. Plonger dans le bleu-gris, celui qui m'attire vers les profondeurs. Celui qui me manque tant que j'en oublie de respirer. Si seulement !

— C'était con, les goémons ! Je ne sais pas ce qui m'a pris…

Sa main effleure mon genou et remonte lentement le long de ma cuisse. Je la regarde glisser timidement sur le coton de ma robe. C'est trop facile. J'en ai tellement envie, mais c'est trop facile. À quoi joue-t-il ? Qu'a-t-il derrière la tête ? C'était tout sauf con, ses goémons. C'était drôle et spontané. C'était tout lui. Il ne comprend rien à rien. Pour une fois. Pour une fois qu'il me montrait qu'il pensait à moi. Qu'il n'avait rien oublié. Que nous deux, ce n'était pas du vent. J'aurais préféré qu'il me le dise en face. Mais ça, je sais qu'il en est incapable. Je lui attrape le poignet d'un geste éclair et le questionne du regard :

— Et Barbar…

Il dépose son index sur ma bouche pour stopper ma phrase et mord ses lèvres en souriant. Un sourire en forme d'excuse et de regrets. Heureusement que son corps parle pour lui. Ses yeux me dévorent et me déshabillent. Ses pupilles se dilatent. J'ai envie de le mordre. Après quelques secondes à me regarder, il m'agrippe l'autre main et me renverse en arrière.

— Marie-Lou, gémit-il dans mon cou en me caressant avec sa langue.

J'enfonce mes ongles dans la peau fine de ses poignets et je respire. Je respire enfin. D'un souffle ample et profond.

— Matthieu…

Je me réveille seule dans mon lit, comme tous les

matins. La lumière du soleil traverse les rideaux de lin blanc et éclaire ma poitrine. Je suis nue, totalement nue. S'il n'y avait pas son odeur boisée sur les draps, sur ma peau, je croirais à un rêve. Non, il était bien là près de moi, comme l'indique le creux sur l'oreiller d'à côté. La chaleur que sa nuque a laissée. Le message qu'il y a déposé.

Pas d'algue séchée, cette fois-ci, juste de l'encre sur du papier. Des mots qui s'enchaînent sans qu'il parvienne à les dire. Les mots que j'attendais. Oui, je me souviens.

Ne m'en veux pas,
Je suis parti avant que tu te réveilles.
Tu es magnifique quand tu dors.
Je pars en mission de sauvetage,
Direction le Raz de Sein,
La baie de Douarnenez,
L'archipel des Glénan,
Puis le rocher de l'anse Saint-Nicolas.
Souviens-toi.
Je t'appelle.
M.

34

Les experts ont toujours tort

Matthieu

Ces quelques jours de vacances m'ont complètement fait déconnecter, et je n'ai même pas allumé mon portable une seule fois. Les croisières ont ce pouvoir-là : nous faire penser à autre chose. L'état du ciel, la force et la direction du vent deviennent des priorités, dans un décor qui change en permanence.

Josic avait l'air un peu perdu quand je l'ai laissé. Je l'aurais débarqué sur une île déserte qu'il aurait fait la même tête. Ce n'est pourtant pas la maison avec son plafond éventré et ses volets cassés qui a semblé l'inquiéter. Ce ne sont pas non plus les grosses moustaches d'oncle Charlie qui n'arrêtaient pas de le questionner. Il lui a concocté tout un programme : pêche, pêche et encore pêche. Mais attention, les thèmes vont changer tous les jours.

— Tu as déjà goûté aux pouces-pieds ? C'est excellent, les Espagnols les achètent jusqu'à 80 euros le kilo.

Toujours la même rengaine…

Je lui ai conseillé d'acquiescer, sinon il lui en proposerait à tous les repas. Mon cousin, lui, a prévu de l'embaucher sur certains chantiers. Il a une entreprise de rénovation sur l'île et cherche de la main-d'œuvre.

— Tu apprendras sur le tas, l'a-t-il rassuré.

Je leur ai glissé, sans plus de précisions – ils ont l'habitude avec moi – qu'il fallait y aller progressivement avec Jo, qu'il sortait de l'hôpital. Alors ils se sont mis à le surnommer « le convalescent » et à le présenter ainsi à tout le monde. De la boulangère au boucher. Du maire au curé. Ici, il n'était pas considéré comme le sosie de David Guetta, mais comme l'ami du petit Madec. Et on comptait bien s'en occuper, surtout qu'il était tout maigre et maladif.

Quant à Madeleine, elle a eu un bref éclair dans les yeux dès qu'elle l'a vu entrer dans sa chambre. On a supposé qu'elle avait reconnu son petit livreur de journaux, mais peut-être était-ce juste lié au paquet de gâteaux qu'il tenait dans ses mains. On ne saura jamais.

Quand je l'ai laissé sur la plage de l'anse Saint-Nicolas, ce matin, j'ai cru qu'il allait me demander de le ramener avec lui. Il ne semblait plus sûr de sa décision. Ça représentait un tel bouleversement pour lui. Le calme et la tranquillité de l'île hors saison devaient sans doute l'effrayer. Lui qui vient de la ville – de la capitale même. Au moment de sauter dans ma barque, je lui ai demandé :

— Tu voulais un nouveau départ, non ?

Jo a hoché la tête puis m'a pincé l'épaule de sa main encore tremblotante. Ça voulait dire merci.

Après avoir amarré le bateau au ponton, lové mes écoutes, vérifié le bon positionnement de mes pare-battages, l'appel d'une petite bière au *Cargo* se fait entendre. Le point final sur la dernière page de ma thèse attendra bien quelques minutes de plus. Le bar est sombre, seuls quelques spots éclairent le comptoir encore vide. Je me retrouve seul face à mon verre, le temps de renouer petit à petit avec la terre ferme et de me reconnecter à la réalité. En sortant mon téléphone de ma poche, la petite pomme blanche apparaît sur l'écran noir, suivie de plusieurs *chting* qui me rappellent que je ne suis pas seul au monde. Tiens, Marie-Lou vient de me laisser un message vocal, il y a dix minutes. Je repense au petit mot que je lui avais laissé sur l'oreiller, il y a quelques jours. Je n'avais pas osé la réveiller. Elle était si belle dans les bras de Morphée.

Ce n'était pas la seule raison.

Il y avait cette angoisse du petit matin. Celle qui ne me quitte pas depuis notre première nuit, ce moment où ses grands yeux verts s'ouvrent et attendent tellement de moi. Arriverai-je un jour à passer le cap ? Je n'en sais rien. Je lui ai fait une promesse sur ce petit bout de papier que je compte bien tenir. Il faut que je l'appelle ce soir. Il le faut.

— Matthieu ? Réponds, bordel !

Je manque de faire tomber mon verre. Le couinement étouffé qui sort de ce putain de téléphone me glace le sang. À sa respiration bruyante, elle est manifestement en train de courir. Seuls quelques mots me parviennent.

— Il me suit… un patient… érotomane… le reconnais… se rapproche… Putain ! Réponds, s'il te plaît… tourner… rue Victor-Hugo… suis foutue… Putain !

C'est quoi, cette mauvaise blague ? Elle est en train de se faire courser par un fou ? Le message se termine par les halètements désespérés de sa course-poursuite, et je suis déjà dehors à chercher les clefs de ma bagnole dans la poche de ma veste.

— Marie-Lou… Réponds-moi, merde !

La voix douce et paisible de son répondeur contraste tellement avec celle que je viens d'entendre. Mes mains tremblent et j'ai bien du mal à insérer ma clef dans la serrure et à mettre le contact.

— Anna ? Ouais, c'est Matthieu. T'es où ? Eh bien, tu sors fissa et tu cours vers la rue Victor-Hugo… Marie-Lou est en train de se faire courser par un fou furieux… Putain, t'étais au courant de quelque chose ? Je n'y crois pas, personne ne me dit rien ! J'espère qu'elle va bien… Bordel, tu m'entends ? T'es déjà dans la rue, j'espère ? Ouais, tu remontes vers la rue Jean-Jaurès et tu prends à droite ! T'es à deux minutes si tu cours. Alors COURS. Putain, s'il a touché ne serait-ce qu'à un de ses cheveux…

Je tape le volant avec le plat de la main en pleurnichant comme un con.

— Tu m'appelles quand tu la trouves… Ne déconne pas, il faut que tu la trouves… Tu m'entends ?

Je raccroche et essaie plusieurs fois d'appeler mon 06 favori. Répondeur. Bordel, je voulais juste allumer mon téléphone et tenir ma promesse… Marie-Lou.

Je brûle tous les feux sur mon passage et roule en pilote automatique. Ma pensée est ailleurs… Quel connard je fais ! La laisser toute seule pendant trois jours sans lui donner de nouvelles, elle ne me mérite pas. Quel con ! Face à des mecs avec des pulsions pareilles, forcément elle est la cible idéale… J'aurais dû le savoir et la protéger ! La boule dans mon ventre commence à me donner la nausée. Allez, avance avec ta camionnette ! Et toi, avec ta voiture sans permis ! Je prendrai d'abord l'itinéraire que j'ai donné à Anna puis après j'aviserai. Pourvu qu'elle la trouve à temps. Saine et sauve ! Un frisson me traverse. Bien sûr, saine et sauve. Je n'ai jamais prié de ma vie mais j'ai bien envie de m'y mettre à présent. Y a-t-il un dieu pour les cons comme moi ? Anna ne répond pas non plus à mes appels. En tournant à droite, rue Victor-Hugo, les trottoirs sont déserts, pas l'ombre d'un passant. Personne n'a donc pu lui venir en aide dans sa course-poursuite. La boule dans mon ventre me comprime l'estomac. J'essaye de penser comme Marie-Lou. A-t-elle tourné à gauche ou à droite ? Sans doute à droite pour tenter de revenir vers la gare… Bordel !

Sur le trottoir de droite, un peu plus loin, une tache rouge attire mon attention. La robe d'Anna ! En avançant, je remarque avec effroi qu'elle est un peu trop proche du sol… Que fait ma cousine assise par terre ? Elle est penchée en avant et tient quelque chose dans ses mains. Deux chaussures m'apparaissent de plus en plus distinctement. Ces baskets blanches en toile. Je les reconnaîtrais entre mille. Elles sont immobiles et dessinent un V vers le ciel. Je stoppe la voiture au milieu de la rue et sors en criant :

— Que se passe-t-il ? Anna, réponds-moi ! Putain ! Marie-Lou…

La grande brune fait un quart de tour, je vois les larmes couler sur ses joues rouges et sèches et hurle :

— NONNN ! Marie-Louuu !

Anna tient dans ses mains sa tête inanimée et sanglote en silence, prise de légers soubresauts.

Marie-Lou. Ses yeux fermés me font l'effet d'un couteau planté dans le ventre, je réfrène une furieuse envie de vomir. Son beau visage est couvert d'ecchymoses, sa paupière gauche est gonflée tel un œuf de pigeon. Quel monstre a-t-il pu faire un tel carnage ? Les lambeaux de culotte arrachée sur le sol, les traces de griffures sur ses cuisses me brisent en mille morceaux. Mes jambes se dérobent et mes genoux viennent cogner le macadam. J'ai à peine le temps de me tourner vers le caniveau pour vomir. *En plus d'être con, je suis inutile !* Anna continue à la bercer dans ses bras comme si elle tenait une poupée de chiffon.

— Je viens d'appeler le 15… Ils vont arriver d'une minute à l'autre. Elle est vivante, Matthieu, bien amochée, mais vivante ! répète-t-elle en boucle.

— Ne bouge pas sa tête surtout !

Quand je palpe son cou, la température sous mes doigts, le pouls de sa carotide ont la chaleur de l'espoir. Elle est vivante.

— Marie-Lou ? Marie-Lou ?

Je n'ose pas lui tapoter les joues, elles sont tellement

abîmées. Lorsque je lui frictionne les bras, sa paupière droite se met à cligner dans le vide.

L'attente me semble interminable. Elle ne donne aucun signe de réveil, son pouls est lent et régulier, on dirait qu'elle dort. Paisiblement. Je rabaisse délicatement sa jupe sur ses cuisses tailladées et place ma veste sous sa tête. Jusqu'où est-il allé, cette enflure ? Jusqu'où ?

Cette question tourne dans ma tête comme un lion en cage.

35

Le plus douloureux, ce ne sont pas les bleus

Marie-Lou

Je rêve que je suis dans un lit d'hôpital et perçois les bips du scope au-dessus de ma tête. L'oreiller avec sa housse plastifiée me chatouille la nuque, je sens les draps rêches sous mes bras, la perfusion sur le dos de ma main. C'est étrange comme ces sensations me paraissent réelles. Quand j'essaie d'ouvrir les yeux, les paupières autour de mon œil gauche résistent étrangement et je devine, en passant la main, un épais bandage qui me barre le visage en diagonale. D'horribles coups de marteau se mettent alors à résonner dans ma tête et m'imposent de reposer ma nuque sur l'oreiller. Et si ce rêve virait au cauchemar ?

Le néon jaunâtre au-dessus de moi n'a rien à voir avec la boule chinoise de ma chambre, ni la potence triangulaire qui se balance tel un pendule. Cette tunique bleue ne fait pas non plus partie de ma garde-robe. Quelqu'un peut-il m'expliquer ce que je fais à l'hôpital ? Suis-je censée jouer à la patiente ? Si c'est un jeu de rôle, je trouve ça plutôt angoissant. Quelle est cette poche au bout de ma perfusion ? Du paracétamol ? Il ne me fait aucun effet, ma tête est bel et bien en train d'exploser. De petits gémissements sortent de ma bouche sans que je puisse les retenir.

À ma droite, j'aperçois Matthieu, endormi sur un matelas à même le sol. Il est allongé sur le ventre, la tête enfouie dans un coussin gonflable. Son bras et sa jambe gauches reposent lourdement par terre. Il a l'air de dormir profondément. Ses légers ronflements miment le bruit d'une locomotive et me rassurent. Ce train est mon seul lien avec le réel. Pourquoi est-il tout habillé sur ce matelas sans draps ? Pourquoi n'a-t-il pas pris le temps d'enlever ses chaussures ? Ça, c'est une autre histoire.

J'ai dû avoir un accident et n'en ai aucun souvenir. Tout à coup, je prends peur et n'ai plus du tout envie qu'il se réveille. Et si j'étais paralysée ? Les gémissements se transforment en pleurs incontrôlables. J'arrive apparemment à bouger mes jambes et je sens bien le drap qui les recouvre. J'ai même très envie d'aller uriner, ce qui me rassure plutôt. Un accident ? Où ? Comment ? Dans quelles circonstances ? Impossible de réfléchir, j'ai trop mal à la tête. En fixant le plafond, la course-poursuite dans les rues de Brest me revient comme un flash. Les yeux injectés de « Jacques l'éventreur » qui se rapprochent de moi… Je hurle à la mort.

Matthieu saute de son matelas et se jette sur moi.

— Marie-Lou !

La confusion se lit sur son visage. Celle d'un réveil précipité et terrifiant.

— Je me souviens, dis-je en sanglotant. Il était derrière moi, je n'ai rien pu faire…

— Je sais, me coupe-t-il. N'y pense plus. C'est fini, maintenant, tout est fini… Je suis là.

Il me prend dans ses bras et me serre si fort que je ne peux m'empêcher de grimacer.

— Oh, excuse-moi !

Il me regarde intensément, je sens la douleur dans ses yeux. La douleur et la peur. Suis-je si défigurée que ça ? Je me rappelle le trottoir de la rue Victor-Hugo, il était désert en cette fin d'après-midi. Malheureusement pour moi. Je me rappelle avoir tourné à droite, puis c'est le trou noir. Impossible de mettre des images sur ce qui s'est passé après. Ma mémoire l'a volontairement effacé. Ce traumatisme est-il si insurmontable ? Je suis prise de frissons et enserre les épaules de Matthieu. Suis-je vraiment capable de tout entendre ? Je sais qu'il pense le contraire et j'apprécie son silence. La douceur bienveillante de ses yeux. Le bleu qui domine le gris.

Les larmes ruissellent jusque dans mon cou. Mon siamois me caresse doucement les cheveux. Quand il réalise que je ne vais pas le lâcher, il grimpe sur mon lit et se love tout contre moi. Son corps chaud s'imbrique sur le mien comme une pièce de puzzle.

— Tu as mal ?

— Oui… À la tête.

— Je vais aller te chercher un antalgique plus fort alors…

— Non, ne bouge pas… C'est toi, mon antalgique.

— Alors je reste…

Et la locomotive reprend sa route tout près de mon oreille.

36

Le calme après la tempête

Matthieu

Quand j'ouvre un œil, le sourire de Delphine, l'infirmière de nuit, me ramène à la réalité.

— Je lui ajoute un gramme de paracétamol ? murmure-t-elle, en me montrant la poche à perfusion.

J'acquiesce en silence pour ne pas réveiller la belle endormie. 6 h 30, le staff va bientôt commencer. Comment vais-je réussir à travailler avec Marie-Lou dans mon service ? Je n'ai qu'une envie : rester près de ma patiente préférée. Celle qui dort paisiblement, la tête au creux de mon cou. Celle dont le souffle lent et chaud me caresse l'oreille et m'annonce le calme après la tempête. Je soulève doucement son bras posé en travers de ma poitrine et m'extirpe du lit. Elle se tourne vers moi et pousse un long soupir en entrouvrant les lèvres. Je respire l'odeur chlorée de l'antiseptique et l'embrasse délicatement sur ses paupières closes. Pourquoi ai-je l'impression de l'abandonner une nouvelle fois ?

Je donne mes consignes à Delphine avant de partir.

— Vous m'appelez si la police vient l'interroger, je prends mon bip de garde. Pas question qu'ils lui sautent dessus dès le réveil.

Ils n'iront pas contre une décision médicale, même si elle émane d'un petit interne zélé. Marie-Lou n'est pas prête à se remémorer. Pas maintenant. Peut-être jamais. Je leur parlerai d'amnésie post-traumatique s'il le faut. Ça ne sera qu'une moitié de mensonge. Après tout, son agresseur est déjà derrière les barreaux et l'enquête peut se passer d'elle. Si par la suite, l'expertise du professeur Tournesol le rend non coupable, je me chargerai tout spécialement de lui faire changer d'avis.

Au bloc opératoire, Mercier s'impatiente.

— Matthieu ? Ça fait deux fois que je vous demande les différentes limites du canal carpien. Vous rêvez ?

Je sursaute en entendant ses derniers mots.

— Excusez-moi.

Cette chirurgie du poignet ne me passionne pas beaucoup. Loin des oreilles et du cou, loin de mes préoccupations. Je reste statique à observer le patron opérer en solo, et l'immobilité amène à la rêverie. La rêverie, à Marie-Lou.

Je marmonne sans conviction :

— Le canal carpien est délimité par les os du carpe et le ligament carpien transverse…

— Votre esprit est en chambre 22, je me trompe ?

Je le regarde, étonné. Cet homme est omniscient.

— Ce n'est pas faux.

— Alors, prenez votre après-midi. Il faut avoir les idées claires pour travailler.

— Merci, mais je préfère rester actif… J'ai des envies de meurtre sinon.

— Ah…

Il repose ses instruments et se tourne vers moi d'un air compatissant.

— Alors, commencez déjà par refermer, l'intervention est terminée.

Pourquoi l'assistant de médecine légale sort-il de la chambre 22 ? Un frisson me parcourt le dos. Qu'est-ce qu'il fait avec sa lampe frontale et son spéculum dans la main ?

— C'est toi qui t'occupes de Marie-Lou Alessi ?

Je n'aime pas la façon dont il me toise avec son air pincé.

— Ce n'est pas ta copine ?

— Et ?

De quoi se mêle-t-il ?

— Je disais ça comme ça… Je viens de l'examiner, la police aura mon rapport demain matin.

— Elle n'est pas morte, que je sache !

Il recule d'un pas comme si je venais de le menacer.

— C'est la procédure, quand il y a eu une agression. Lors de l'enquête, on collabore avec les forces de l'ordre.

Il soulève son spéculum. On dirait qu'il dégaine un pistolet.

— Après examen, pour moi, il n'y a pas eu pénétration.

De quoi me parle-t-il ? Il ne peut pas me sortir ça au milieu du couloir avec ce ton neutre et froid. Pas comme ça. D'un coup, je suis pris d'un vertige et cale mon dos au mur.

— Ça ne va pas ? s'inquiète-t-il.

Non, connard !

— Quelle idée de l'avoir prise comme patiente aussi ! Comment veux-tu avoir le recul nécessaire ?

Je le coupe sèchement.

— Je ne pense pas t'avoir demandé ton avis. Tu disais ?

Il se fait plus hésitant.

— Eh bien… Il faut que je le confirme au microscope, mais je n'ai pas trouvé de traces de sperme… Juste des griffures sur les grandes lèvres et l'entrée du vagin. Bref… Il n'est pas allé très loin.

Je reste vissé au mur, le regard dans le vide. Peut-il arrêter de me parler d'elle avec ces termes de technicien ? Avant même que je prenne la peine de lui répondre, l'apprenti spéléo a déjà tourné les talons. Sa dernière phrase résonne dans ma tête. *Il n'est pas allé très loin.* Quel con ! Pas besoin de spéculum pour savoir que ce fou est allé bien trop loin.

Seule la patiente de la chambre 22 peut calmer mes envies de meurtre. Elle a ce pouvoir-là. Mes poings viennent de s'écraser contre le mur au moment où madame la cadre s'approche de moi sur la pointe des pieds. Elle prend soin de laisser un bon mètre entre nous et me regarde par-dessus ses petites lunettes. On dirait que je lui fais peur.

— Euh… Je peux vous parler ? couine-t-elle avec son air de pimbêche renfrognée. Je voulais vous signaler, au nom de l'équipe, que vous ne pouvez pas dormir dans les chambres des patients, ce n'est pas possible. Mettre un matelas à même le sol… Je vais avoir des ennuis, c'est interdit. C'est mon devoir de vous le dire.

J'explose :

— Ce n'est pas une patiente comme les autres, et vous le savez très bien !

— Oui, oui, je l'ai bien compris, mais c'est interdit… C'est le règlement.

— Et ça figure aussi dans votre règlement qu'une interne se fasse tabasser par un patient dans la rue, peut-être ?

— Euh, non…, recule-t-elle. Bien sûr que non ! Mais là n'est pas la question.

— Eh bien, si justement… Elle a besoin de moi, et ce n'est pas négociable. Elle reste encore une nuit, alors fermez les yeux.

Quand la petite chef secoue la tête en rouspétant d'une voix inaudible, je sais qu'elle ne dira rien et baisse d'un ton :

— Pour une fois, madame la cadre, sortez du cadre !

37

La délicatesse d'un ours

Marie-Lou

Les visites s'enchaînent et n'en finissent pas.

Je me sens vulnérable derrière cette porte qui peut s'ouvrir à n'importe quel moment sans que je maîtrise ce va-et-vient censé me faire plaisir. Ici, on frappe puis on entre sans avoir rendez-vous. J'aimerais la fermer à double tour et me réfugier sous mes draps.

Pas envie de parler. Pas envie qu'on me voie dans cet état.

Mon premier visiteur a été Bruno Martigues. Je ne sais pas si Anna lui a expressément demandé de venir me saluer. Si c'est le cas, elle aurait pu s'en passer. Il était dix heures, j'étais encore en pyjama. Il est resté cinq secondes dans l'embrasure de la porte. Juste le temps de poser sur moi ses yeux étonnés et compatissants. Juste le temps de me faire comprendre que j'étais totalement défigurée. Je me suis mise à pleurer pendant une heure avant de me décider à me lever.

Me regarder dans la glace a été une autre épreuve.

Seul mon œil droit était autorisé à observer ce visage difforme et asymétrique. Le changement de luminosité à chaque clignement me rassurait, mais je ne me sentais pas encore prête à soulever le bandage. L'angle de ma joue gauche s'était considérablement arrondi tel un œuf de pigeon et bombait en entraînant ma bouche. Je commençais à m'habituer à ce reflet dans la glace, je m'étais imaginé bien pire. Pas de trou béant au milieu du front, pas de grosses cicatrices. Le chantier allait être long et démarrait dès ce matin par une application de vaseline sur les croûtes et un lavage de dents.

C'est le moment qu'a choisi Mme Bénard, la cadre du service de neurologie, pour entrer dans ma chambre. Juste cinq secondes, le temps de lui mâchonner un « bonjour », la brosse dans la bouche. Juste le temps de lui rendre son sourire gêné.

Quand Anna m'a sauté au cou, il était midi. On venait de me servir un sauté de dinde-haricots beurre. Je regardais mon assiette sans appétit. Avec son grand sourire habituel – sans la moindre trace d'apitoiement –, elle a déposé un petit paquet en papier blanc sur ma table. J'ai reconnu l'emballage de la boucherie de Francis où je n'osais plus mettre les pieds. Les tranches d'andouille de Guémené m'ont tout de suite remonté le moral. Le cochon et ses vertus thérapeutiques ! Anna me connaissait bien. Elle a même réussi à me faire rire avec ses blagues minables.

— Dis donc, tu n'as pas lésiné sur l'ombre à paupières. Tu en as même rajouté sous les yeux… Innovant, tu vas faire fureur ! C'est normal que ton rouge à lèvres déborde jusqu'à l'oreille ?

Elle était bien la seule à pouvoir s'autoriser ce genre de remarques.

Au moment de partir, je l'ai remerciée avec des trémolos dans la voix. Si j'étais là, saine et sauve, c'était grâce à elle. J'en avais conscience.

— Je n'ai jamais couru aussi vite, ma vieille, m'a-t-elle assuré. J'ai loupé une vocation, vraiment.

— Forcément, avec des jambes pareilles…

Et les visites ont continué. Toujours quelques secondes sur le pas de la porte. On ne veut pas déranger mais on dérange quand même. Je ne m'attendais pas à celle du médecin légiste. Il est entré sans frapper avec sa lampe frontale. J'ai eu l'impression d'être un bout de viande à qui on demandait d'écarter les jambes. Pendant qu'il me racontait à haute voix – la tête entre mes cuisses – les détails de son examen, moi, je fixais la porte. Je n'avais qu'une peur : qu'elle s'ouvre de nouveau.

Matthieu déboule dans ma chambre comme s'il voulait échapper à quelqu'un. Il a l'air préoccupé. Ses cernes creusent ses paupières, son regard est froid et déterminé.

— Il paraît que tout l'hôpital vient te voir ?

Je soupire.

— Que veux-tu, c'est ça d'être une V.I.P. !

— Les gens sont vraiment sans gêne, peste-t-il en placardant un écriteau sur ma porte : *VISITES INTERDITES*.

Sa détermination me fait sourire, mon prochain visiteur risque de se faire envoyer promener en bonne et due forme.

— Tu n'y vas pas un peu fort ?

— Tu voulais être tranquille, non ?

Son ton est sec et cassant. Pourquoi est-il si dur ? Je n'aime pas le voir aussi affecté. On dirait qu'il en veut à la terre entière. Il ne peut pas s'empêcher d'être protecteur avec moi, et ça m'effraie. Si j'avais voulu un père, j'aurais prévenu le mien. Je vois d'ici la tournure que cette histoire aurait prise. Celle du drame national. La minute de silence au village. Sa fille agressée par un psychopathe ! Mes parents auraient fait la route d'une traite, la peur au ventre, et m'auraient ramenée fissa à la maison. Une convalescence les pieds sous la table, couvée et choyée… Tout sauf ça !

Pour toute réponse, je détourne la tête. Effectivement, j'aimerais bien rester tranquille. Monsieur « tout contrôle » s'approche de mon lit et commence à enlever les couvertures, sans un mot.

— Tu fais quoi ?

— Je t'examine. J'ai besoin d'être rassuré…

— Tu ne crois pas que quelqu'un a déjà dû le faire ?

— Si… Moi, une dizaine de fois. Mais c'est plus informatif maintenant que tu es bien réveillée.

Matthieu soulève mes deux pieds avec la délicatesse d'un ours.

— Aïe, ma jambe ! Arrête…

— Je veux vérifier que tu n'as rien aux articulations. Tu as pu te faire mal en tombant.

— Tu ne crois pas que je l'aurais senti si je m'étais cassé quelque chose ? Je n'ai que des bleus, c'est tout.

Il continue son inspection et mobilise mes bras et mes jambes dans tous les sens avec un sérieux qui me donne envie d'éclater de rire.

— Matthieu, arrête…

Son examen se transforme petit à petit en une série de chatouilles qui me font faire des bonds sur le matelas. Il finit par me plaquer les mains au-dessus de la tête et vient coller son front au mien.

— Tu viens de gagner ton billet de sortie… Tu es dans une forme olympique.

Je resserre mes bras autour de lui.

— Merci, mon docteur préféré.

Son baiser effleure ma bouche. L'ours devient délicat tout à coup. Je presse mes lèvres contre les siennes et y engouffre ma langue. À cet endroit, je n'ai pas mal et j'ai besoin de le sentir tout contre moi. Il semble surpris par ma fougue soudaine et plonge ses yeux dans les miens avec une lueur d'amusement. S'il savait comme j'ai envie de m'y noyer. Ils m'ont tellement manqué. Ses iris n'ont plus la couleur de la pluie. Mieux qu'une promesse sur l'oreiller, j'y vois enfin les rayons du soleil.

38

L'ombre au fond de ses pupilles

Marie-Lou

Quand on vient frapper à ma porte, Matthieu décolle sa bouche et se lève d'un bond.

— On ne peut vraiment pas être tranquilles, grogne-t-il entre ses dents.

Une infirmière passe la tête dans l'embrasure et nous annonce la visite du professeur Tournos.

— Il n'ose pas entrer à cause de l'écriteau, ajoute-t-elle en direction de Matthieu dont le visage s'est soudainement assombri.

Je me redresse à mon tour et me recoiffe, les joues toutes rouges de notre étreinte.

— Tournos ? Si, si, bien sûr, il peut venir…

Matthieu accepte sa poignée de main de façon distante et polie, comme si elle lui brûlait les doigts, puis disparaît en attrapant sa blouse sur le portemanteau. Sa froideur n'a pas échappé à Hubert qui ne semble pas s'en étonner outre mesure. Il reste à me détailler de la tête aux pieds. Pas de sourire gêné, pas de grimaces compatissantes. Non, une série de clignements d'yeux, de secousses brèves du menton, de haussements d'épaules qui ne laissent transparaître aucune émotion. Je reconnais bien là le visage impassible en perpétuel mouvement de mon chef de service. Ce temps de latence avant qu'il se décide à prendre la parole me paraît interminable, laissant libre cours à toutes les suppositions.

— Marie-Lou, lâche-t-il de sa voix hypnotique. Avant tout, comment vas-tu, douce Marie-Lou ?

— Tout va bien…, dis-je en me raclant la gorge. Merci. J'ai été bien entourée ces derniers jours.

— Ça, c'est le moins qu'on puisse dire.

Ses yeux se plissent en un sourire timide. Je devine le fond de sa pensée.

— Je te dois des excuses, soupire-t-il d'un air grave. C'était mon devoir de te protéger, et je m'en veux terriblement.

Il s'est échappé du service le jour de l'agression. Lorsque l'équipe s'en est rendu compte, le soir, il était trop tard…

— Rien ne sert de ressasser cette histoire, on ne peut pas revenir en arrière. Je ne veux juste plus avoir affaire à lui.

Hubert se met à dodeliner de la tête comme pour me rassurer à ce sujet.

— Il est en chambre carcérale actuellement.

— Qu'il y reste alors, et qu'il se fasse soigner !

— Tu as ma promesse.

J'ai l'impression que les secousses de son menton

viennent de changer de direction et se transforment en hochements de tête. Ses tics seraient-ils un langage corporel ?

Il dépose une boîte de galettes bretonnes sur ma table et s'apprête à partir quand je lui retiens le bras. Je ne veux pas qu'il s'en aille. Pas avec ce sentiment de culpabilité. Jacques Kergos est l'exemple même du patient imprévisible. En trente ans de maladie, il n'avait jamais porté la main sur une de ses proies. Il a fallu que cela tombe sur moi. Était-ce vraiment prémédité ? La suite logique de la première course-poursuite ? La curiosité au comble du paroxysme ? Si je ne m'étais pas mise à courir comme une dératée, m'aurait-il sauté dessus ?

Ces questions restent en suspens, et j'ai besoin d'en parler.

— Reste, s'il te plaît. Si on entamait ce paquet de gâteaux…

J'aime sa faculté à discuter de tout et de rien. Il l'a sûrement acquise au cours de ses trente années de psychiatrie. La conversation dérive, se recentre puis dérive de nouveau. Tous les sujets y passent. De la pêche à la politique. De la musique au cinéma. De Josic à Matthieu. Il sourit.

— Étrange spécimen, ton ami. Tu sais qu'il est venu me voir hier dans le service ?

— Ah ? Qu'est-ce qu'il t'a dit ? Je m'en excuse d'avance… Il est…

— Entier.

— Oui, c'est le mot.

— Il m'a menacé.

Je mâche de plus en plus rapidement mon gâteau et compte bien finir la rangée.

— Désolée…

— Non, j'ai trouvé cela très touchant. Je me suis permis de le lui dire et ça l'a complètement déstabilisé.

Ses réactions vis-à-vis de Matthieu m'étonneront toujours.

— Il m'a alors traité de… Comment a-t-il dit déjà ? *J'ai peur tout à coup.* Ah oui… Expert de merde ! *Il éclate de rire.* Il a dit « expert de merde », tu te rends compte ?

L'autre rangée de galettes ne sera pas de trop.

— Comme je lui ai donné raison, il a bien voulu s'asseoir, et on a commencé à discuter. Enfin ! Je n'attendais que ça… Il a eu tellement peur pour toi, tu sais… Ce garçon est fou de toi, c'est indéniable.

Je laisse en suspens ma main devant ma bouche.

— C'est une parole d'expert ?

— Affirmatif ! Et pas n'importe lequel, chère madame… Le plus grand expert de merde !

Je lui souris, les yeux remplis de larmes.

Matthieu m'a laissée tranquillement me préparer. Je roule ma petite valise dans le couloir quand je l'aperçois, adossé au mur, les bras croisés. Il porte son éternel short en grosse toile de couleur rouille et ses tongs noires en plastique. On pourrait croire qu'il s'apprête à aller à la plage en ce samedi matin de septembre. On pourrait le croire s'il ne paraissait pas si sérieux et préoccupé. De le voir si malheureux ces derniers jours m'a fait complètement mettre de côté ma propre douleur. Mon antalgique préféré tourne la tête au moment où je salue l'infirmière. Il me sort ce regard bienveillant qui vaut tous les remèdes du monde. Celui qui vous enveloppe et vous caresse de ouate douce. Je m'approche et lui souris, lèvres serrées. Il entrecroise ses longs doigts dans les miens et m'entraîne vers la sortie.

Je m'appuie contre la portière de sa Golf toute cabossée. Et maintenant ? La vie va-t-elle reprendre comme avant ? Comme si rien ne s'était passé ? J'ai peur tout à coup.

Il me saisit par la taille.

— Pas de panique. Tout va bien…

Il soulève doucement le bandage qui recouvre mon œil gauche, et le soleil vient m'éblouir. Ma paupière supérieure rétrécit mon champ de vision, elle doit être gonflée comme un ballon de baudruche. Il prend ma tête entre ses mains.

— Il faut laisser la plaie à l'air maintenant… Je vais tellement bien m'occuper de toi qu'il ne te restera aucune trace, je te promets.

Il m'embrasse le front doucement du bout des lèvres et descend sa bouche sur mes paupières qu'il caresse l'une après l'autre. J'adore quand il fait ça…

— Où veux-tu aller, Marie-Lou ? J'ai posé quelques jours de vacances. Tu as carte blanche.

C'était la phrase que je désirais secrètement entendre.

— C'est vrai ? Tu m'emmènes où je veux ?

— Où… tu… veux.

Lorsqu'il plonge ses yeux dans les miens, il n'y perçoit aucune hésitation. Un seul endroit me vient à l'esprit. Un seul.

Il sourit. Je crois voir l'ombre du rocher de l'anse Saint-Nicolas au fond de ses pupilles. Il lit en moi à livre ouvert.

— Alors, allons-y, p'tit marin…

Sans me demander plus d'explications, il m'ouvre la portière.

39

Les pieds sur le tableau de bord

Matthieu

J'adore contempler ses pieds posés sur le tableau de bord. Le paysage défile derrière ses orteils en éventail comme un road-movie à l'ancienne. Elle dort. Le vernis rouge paraît écaillé et craquelé par endroits.

Je les emmène loin, je veux qu'ils oublient tout : les griffes d'un vieux fou, le macadam du trottoir de la rue Victor-Hugo, les draps blancs du service de neurochirurgie. Une fois arrivé, je me collerai à eux sous les draps jusqu'au petit matin. Mes plantes chaudes caresseront le galbe de leur dos, et je remonterai un peu plus, le long de ses tibias, comme une chenille sur une branche.

J'espère qu'ils se réveilleront amnésiques. Sinon, je recommencerai.

Mon oncle est venu nous chercher en zodiac sur la plage de Kerguelen. Écume a fait des bonds sur le sable en voyant s'approcher le point rouge sur la mer et a sauté dans l'eau pour nager à sa rencontre. Les pointes des moustaches de Charlie se sont courbées vers le bas quand il a aperçu le visage caché sous la capuche. Elle est impressionnante, ma Joconde pleine de bleus. Il n'a posé aucune question, sa curiosité s'arrête au malheur des autres. C'est un homme bienveillant.

La mer est d'huile. En temps normal, Charlie me laisse le volant et j'appuie à fond sur l'accélérateur. Le zodiac se soulève et fait des bonds sur l'eau, j'adore cette sensation de vitesse et cette montée d'adrénaline. Mais le temps n'est pas normal, et mon oncle ne m'a même pas proposé de prendre les commandes. Je reste assis sur le pneumatique et tiens Marie-Lou tout contre moi. Ses grands yeux verts paraissent trop grands, trop ternes, comme vidés de tout éclat. Elle semble ailleurs. Face au soleil qui décline sur la pointe de Pen Men, je serre son petit bras frêle et regarde les côtes de Groix se rapprocher tout doucement.

Josic nous attend à Port-Lay, les pieds sur le volant de la Méhari. Si Coyote ne nous avait pas sauté dessus, je ne suis pas sûr que je l'aurais reconnu tout de suite. Il porte un short et des sandales, ses cheveux ont été coupés, sa barbe rasée. David Guetta a été manifestement relooké. Il ne cache pas son émotion en voyant Marie-Lou et se met à trembler comme une feuille.

— Tu ne te vexes pas si je conduis ? lui demande Charlie.

Jo glisse sur le siège passager sans broncher et

cale ses deux mains entre ses genoux. Sur le trajet, il retrouve peu à peu sa langue et prend soin de regarder droit devant. Surtout ne pas se retourner. La vue du sang le fait tourner de l'œil. Même à l'état de croûte, ça l'indispose. Le grand sensible nous raconte sa vie groisillonne au rythme des Madec. Il est tiré du lit tous les matins et se laisse porter comme à son habitude.

Pas le temps de penser à l'alcool, pas le temps de penser tout court.

Lorsqu'il m'annonce qu'il a monté une tente au fond du jardin pour ne pas nous déranger avec Marie-Lou, je suis surpris par son initiative et son degré d'anticipation. Jo va mieux, beaucoup mieux. Impression confirmée quand je découvre la table de ping-pong flambant neuve qui trône sur la terrasse. Il arbore alors un sourire de vainqueur.

— Tu m'as promis une revanche, tu te souviens ?

La maison est telle que je l'avais quittée. Un vrai chantier. Mon cousin a déposé quelques planches de bois pour commencer la mezzanine et Jo les a laissées au milieu du salon. Vu les tasses à café qui s'entassent dessus, il s'en sert comme table basse. À peine entrée, Marie-Lou reste scotchée devant une énorme toile reposant sur le mur. Des centaines de bouts de papier collés s'imbriquent les uns aux autres et se mélangent aux touches de peinture en une mosaïque de couleurs. Le résultat est étonnant. Avec un peu de recul, le visage d'une femme brune se détache du tableau. Pas n'importe lequel. Celui de ma Joconde avec ses lèvres fines et ses grands yeux vert d'eau. Je comprends alors la finalité de ses découpages et me demande pourquoi il en faisait tout un mystère. Ce mec a du talent. Un talent brut, inné et sincère, une totale maîtrise des formes et des couleurs. Vu comme il baisse les yeux, gêné, il est à mille lieues de s'en rendre compte.

— Marie-Lou, bredouille-t-il, cette toile est pour toi… Enfin, si tu l'acceptes.

Le grand sourire asymétrique qui suit, les larmes qui stagnent au coin de ses yeux parlent pour elle. Mais Jo n'est pas encore capable de la regarder.

Les jours suivants, l'île exerce son pouvoir sur Marie-Lou. Le temps s'arrête et la laisse en paix. Elle dort, elle lit, elle cicatrise. Elle dessine sur le transat au milieu des vipérines et des lauriers-roses du jardin. Les deux chiens la talonnent comme deux gardes du corps lymphatiques et roupillent à ses pieds. Jo, lui, a trouvé une excuse imparable pour ne pas aller travailler : il joue au garde-malade et gravite autour d'elle. Entre deux pauses-café, il reprend son découpage intensif. Tous les magazines de ma tante sont passés au peigne fin. Il reste ainsi toute la journée, allongé dans la chaise longue, à veiller sur la belle écorchée. Celle qu'il peut enfin regarder – du coin de l'œil uniquement.

De mon côté, je termine tranquillement ma thèse, l'ordinateur en équilibre sur les planches de bois au milieu du salon. Pratique, la table de Josic ! Quand j'appose enfin le point final, je lève les yeux vers la porte du jardin et les observe en silence. Les deux convalescents.

Oui, le temps s'arrête vraiment ici.

J'irai expliquer ça au grand professeur Tournesol. Le concept de « coupure thérapeutique ». L'arrêt sur image nécessaire à la guérison. Il me recevra dans son bureau au milieu de ses Schtroumpfs et m'écoutera en silence en s'agitant sur sa chaise. Je lui parlerai des ciseaux de Josic et du fusain de Marie-Lou. Des pique-niques ensoleillés sur la plage de l'anse Saint-Nicolas. Du pâté Gangster – spécialité locale – étalé sur du pain. Des pouces-pieds de Charlie qu'on trempe dans la mayonnaise. Des parties de ping-pong effrénées aux scores de plus en plus serrés. *Il va finir par me battre, ce con !* Je raconterai la visite de Farah et Bertrand venus de Quimper. Les retrouvailles émues des deux co-internes et leur promesse de se retrouver au semestre prochain. L'expert ponctuera mes phrases de petits grognements jouissifs et de sourires en coin. Il me donne toujours raison, de toute façon, et je commencerais presque à l'apprécier.

Demain, la parenthèse prend fin. Nous rentrons.

Il paraît que la vraie vie est ailleurs. Si seulement…

40

La vraie vie est ailleurs… si seulement

Marie-Lou

Ce matin, en glissant ma main sur l'oreiller, je cherche du bout des doigts ses mèches hirsutes et épaisses. Celles qui me tiennent compagnie le matin, maintenant que sa thèse est terminée, imprimée et postée. J'allonge le bras un peu plus et descends vers le drap. La place est encore chaude. Quand je viens buter sur un morceau de papier froissé, je ne peux m'empêcher d'avoir un mauvais pressentiment. Ne m'avait-il pas promis d'arrêter ses messages codés ? Il ne s'est quand même pas volatilisé ?

Je voulais te montrer cette lettre.
Tu me diras ce que tu en penses.
Je t'attends sur la plage.
M.

Selon les heures de la journée, l'anse Saint-Nicolas me paraît totalement différente. À marée haute, seul le gros rocher affleure, et la plage disparaît complètement. C'est comme ça qu'elle m'est apparue la première fois. C'est comme ça que je la préfère. Matthieu m'attend, allongé sur un banc, son maillot comme seul habit, les bras repliés sous la nuque. Je reste à l'observer et me sens soulagée. Pour une fois, il n'a pas fui. Il me demande même mon avis. On progresse. Que lui dire ? Cette lettre, je l'ai relue plusieurs fois, la boule au ventre.

Yann. Le fantôme de l'île de Groix. Le portrait craché. Il renaît de ses cendres.

En entendant mes pas, le faux dormeur se redresse d'un bond et me défie du regard.

— On nage jusqu'au rocher ?

Il me tend mon maillot de bain comme si tout était prémédité.

— Je ne suis pas sûre…

— Si tu veux, tu grimpes sur mon dos, je t'y emmène.

— L'eau salée sur mes blessures, ce n'est peut-être pas une bonne idée…

— Arrête de réfléchir. Je m'en occupe personnellement de tes plaies !

Matthieu a manifestement une idée derrière la tête et semble bien décidé à me l'imposer. Son ton autoritaire traduit une certaine anxiété. Est-il juste en train de retarder le moment de discuter ? Ça lui ressemble bien. L'eau froide me serre, un à un, les muscles des cuisses. Je reste sur la pointe des pieds, de peur de faire monter le niveau. Précaution complètement inutile puisque le tyran vient m'attraper la taille par surprise et me faire tomber à la renverse.

— Plus tu restes immobile, plus tu risques d'avoir froid…

Il me fait grimper sur son dos, je l'encercle de mes jambes.

— Cramponne-toi.

On contourne le rocher sur son versant sud-est pour capter le soleil. L'horizon nous fait face quand le visage de Matthieu se rembrunit. Je devine ses pensées.

— Cette lettre, finis-je par lâcher, je n'arrête pas d'y penser.

Il ferme les yeux.

— La première fois, elle a atterri directement dans la poubelle. J'étais fou de rage. Le lendemain, je l'ai récupérée… Il fallait que je la relise. Comme s'il y avait un sens caché derrière chaque mot.

Je pose ma tête au creux de son cou. Il soupire :

— Je l'ai jetée de nouveau et ainsi de suite… En fait, je ne sais toujours pas quoi en penser.

Le silence qui suit prend la forme d'un point d'interrogation. Que puis-je lui répondre ? Ces lignes m'ont bouleversée. Comme un appel à l'aide crié au milieu de la mer, sans espoir de retour. Il me manque quelques pièces du puzzle, mais j'ai l'intime conviction qu'il doit aller le retrouver. Qu'il ne sera jamais en paix sinon.

Je lui susurre à l'oreille :

— C'est entre lui et toi… Je ne le connais pas, mais il a l'air malheureux.

— Et moi, je ne suis pas malheureux, peut-être ?

Il s'est tendu d'un coup en élevant la voix.

— Si, je…

— Désolé, me coupe-t-il en prenant sa tête entre les mains. Ce fichu bout de papier me fout en rogne autant qu'il m'inquiète… Je n'arrête pas de tourner les mots dans tous les sens. S'il voulait être clair, c'est raté. Il m'embrouille encore plus.

J'approche ma main pour découvrir son visage, il m'agrippe, me renverse sur le dos et appuie son front sur le mien.

— Bienvenue dans mon panier de crabes, murmure-t-il, les dents serrées.

Je colle doucement mes lèvres sur les siennes. Il me regarde longuement avant de prononcer :

— Plus j'y pense, plus je me dis que je n'ai pas vraiment le choix…

— Je le pense aussi…

Ses yeux se plissent comme pour me dire merci.

— Tu pars quand ? finis-je par lui demander.

— Le lendemain de ma soutenance de thèse… J'ai pris mes billets… Un aller simple…

Je tressaille.

Il se met alors à me déshabiller à la hâte sans se soucier des coups d'œil à la dérobée d'éventuels promeneurs. Ses mains se pressent, sa respiration s'accélère. Il me veut tout entière, là, maintenant, comme si sa vie en dépendait. Pas de remparts de goémons. Juste nos deux corps avides dans le creux d'un rocher.

Les racines de mes cuisses se cambrent pour répondre à ses caresses. Mes plaies me brûlent et me déchirent. Je me mords les lèvres pour qu'il continue. Comme si ma chair souillée avait besoin d'être lavée. Et il continue avec douceur et précipitation. Un va-et-vient de vagues déferlantes et enivrantes.

Quand sa poitrine retombe sur la mienne en un long soupir, il est complètement relâché, vulnérable. Nos deux corps ne font qu'un. Enlacés, imbriqués, comme les pierres de ce rocher. Je prends désormais conscience qu'il va bientôt partir et l'enserre de mes bras. Encore plus fort. Je voudrais qu'il reste. Pensée égoïste que je dois réprimer. Les reliefs de la roche commencent à me piquer le dos. Une ecchymose de plus ou de moins… Je ne bougerai pas d'un centimètre.

Un aller simple… Qu'entend-il par là ? Combien de temps pour recoller les morceaux ? Le temps qu'il faudra. Une éternité peut-être… Je tressaille à nouveau.

Tout à l'heure, la parenthèse prend fin. Nous rentrons.

Il paraît que la vraie vie est ailleurs. Si seulement…

41

Comme un arbre sans sève

Mon fils,
Ça fait si longtemps.

J'espère que cette lettre te trouvera,
sinon elle finira dans l'eau, au port du Moulin-Blanc.
Elle s'émiettera au milieu des éperlans.
Je pense être plus doué pour l'écriture
que pour la conversation téléphonique...
Et encore.

Suis-je vraiment capable d'exprimer ce que je ressens ?
Les mots sont parfois maladroits.
Je voudrais qu'en me lisant, tu te sentes plus léger.
Libéré d'un poids.
Alors si ce n'est pas le cas, excuse-moi.
C'est que je me suis planté encore une fois.

Comment exprimer le vide qui m'entoure ?
Voilà maintenant trois ans que je suis parti
et cela me paraît une éternité.
Trois ans que l'on ne s'est pas parlé.
Trois ans que tu essaies d'oublier ce père indigne
qui vous a laissés, toi et ta mère.
Trois ans que je survis là-bas sous les tropiques.

Cette vie d'expatrié, de déraciné n'est pas la mienne.
Je ne t'écris pas pour que tu me plaignes.
Ni pour que tu me pardonnes.
Ni pour que tu me comprennes.
De toute façon, il n'y a rien à comprendre.

La maladie s'est dressée entre ta mère et moi.
De façon insidieuse comme une nappe de brouillard
qui se propage au fil des mois.
Elle a changé le regard que je portais sur ma femme,
mais aussi celui qu'elle portait sur moi.
Tous nos rapports se sont modifiés.
L'éloignement était pris pour de l'abandon,
le rapprochement pour de la pitié.
Chaque jour, je me culpabilisais
et me haïssais un peu plus de ne plus l'aimer.
Tout devenait calcul et anticipation.

Un jour, tout a basculé.
De ces événements qu'on peut surmonter
quand on a les réserves suffisantes.

Je n'avais plus de réserves.
Et la corde a lâché.
Avec, comme seule solution, la fuite.
Une fugue stérile et maladroite,
comme tout ce que j'entreprends depuis.
J'ai cru qu'en m'éloignant
j'allais pouvoir recommencer à vivre.
C'est tout le contraire.

Je pense que j'ai définitivement la palme.
Celle du plus gros connard.
Lâche et égoïste.
C'est d'ailleurs l'image qui m'apparaît chaque matin
dans le miroir.
Celle que je craignais de voir dans tes yeux
En restant dans les parages.

Je me suis reposé sur toi, mon fils, et c'est dégueulasse.
En trois ans, l'état de ta mère a dû empirer.
Je ne te ferai pas l'affront de te demander
comment elle va,
Comment tu gères tout ça.
Entre tes études et ta vie personnelle…

Les remords me rongent de l'intérieur
et je manque encore une fois de courage.
Le courage de revenir.
Alors je survis, comme un arbre sans sève.
Dans ce petit village perdu

au milieu d'un cirque de montagnes.
Là où il n'y a pas de routes, pas de facteur.

En fait, si… ça me revient.
Je sais pourquoi je t'écris.
Je ne veux surtout pas que tu penses
que tu vas finir comme moi.
Le fléau de l'hérédité ou des bêtises dans ce genre.
La connerie peut sauter des générations,
ne t'inquiète pas.

Cette lettre sera la seule et l'unique.

Ton père ou ce qu'il en reste.

42

C'est quoi, cette robe ?

Matthieu

Le mois d'octobre est passé à toute vitesse entre les préparatifs pour ma soutenance de thèse et ceux du départ à la Réunion. Je n'ai pas encore prévenu ma mère, et Marie-Lou ne manque pas de me le reprocher.

— Plus tu attendras, plus ce sera difficile.

Comme d'habitude, elle a raison. Comme d'habitude, j'attends le dernier moment. Parce que je sais très bien qu'elle ne comprendra pas. Pourquoi rejoindre l'homme qui l'a abandonnée lâchement il y a trois ans ? Pourquoi aurais-je de la compassion pour lui ? Pas envie de lui montrer la lettre qui ne lui est pas destinée. Qu'elle déforme les mots et leur donne un autre sens. C'est déjà assez embrouillé dans ma tête. Comment lui annoncer ? Brigitte risque de m'en vouloir, de paniquer puis de recommencer à trembler. Pire que si elle passait dans des champs magnétiques ! Tant pis.

J'irai la voir ce soir, c'est décidé.

— Je viendrai vers dix-huit heures, il faut que je passe à la fac avant. L'appariteur doit me faire visiter la salle des thèses.

— N'arrive pas trop tard, quand même, m'a-t-elle répondu au téléphone.

Sa crainte ultime : devoir se presser pour faire ses courses avant la fermeture. Mission impossible quand on a une maladie de Parkinson et que la vie tourne au ralenti. Je commence à connaître par cœur les rayons du supermarché à force de les parcourir de long en large au rythme du chariot de Brigitte. Si elle savait, ce seront les dernières courses avant mon départ. Ça, je ne lui dirai pas tout de suite. Je ne lui parlerai pas non plus de l'auxiliaire de vie que je viens d'embaucher une fois par semaine pour me remplacer. Les mauvaises nouvelles doivent s'annoncer petit à petit. Ça améliore leur digestion, paraît-il. Qu'en pense la psychiatre ? Celle dont la convalescence se termine ce week-end. Que je m'apprête à laisser en métropole avec tout le reste. Sauf que le reste me manquera beaucoup moins.

M. Chemineau. Je me souviens bien de lui quand j'étais en première année de médecine. De ses appels au micro dans l'amphithéâtre dès qu'il y avait un problème technique. Comment oublier ce petit homme au collier de barbe bien dessiné ? Il portait constamment une blouse bleue au-dessus des genoux, et on se demandait bien à quoi elle pouvait lui servir. Son côté maniéré et son petit cheveu sur la langue lui ont valu quelques railleries. Ce n'était jamais méchant.

— Monsieur Sssemineau !!! criait l'assemblée sitôt que le vidéoprojecteur tombait en rade.

Il arrivait dans la minute, avec son petit sourire en coin, toujours aussi intimidé de se retrouver face à nous. Si la panne avait le malheur de se prolonger, la tonsure au sommet de son crâne devenait la piste d'atterrissage d'un escadron d'avions en papier. Il avait acquis au fil du temps l'habileté nécessaire pour les éviter avant qu'ils s'écrasent. Des années d'expérience ! Du haut de mon mètre quatre-vingt-dix, j'ai une vue plongeante sur ce fameux aéroport. D'où je suis, la cible serait facile à atteindre.

— C'est quoi, cette robe ?

— C'est la toge universitaire ! s'exclame le petit homme en me tendant fièrement son bout de tissu noir et brillant. Vous devez la porter, c'est la tradition.

— Alors là, c'est hors de question ! Déjà que j'estime faire des efforts en mettant un pantalon et une chemise, je ne vais pas en plus porter une... ROBE !

Si je lui avais annoncé que je voulais présenter ma thèse nu avec une plume dans les fesses, il aurait eu la même expression.

— C'est impossible ! Votre jury va refuser de vous écouter.

— Ils n'ont pas intérêt... Vous ne trouvez pas que c'est déjà assez folklorique de se retrouver sur une estrade devant sa famille, ses amis et ses collègues ? Qu'ils ne me demandent pas non plus de réciter le serment d'Hippocrate la main levée, c'est complètement ringard ! Il faut qu'ils se renouvellent.

— Vous n'y couperez pas ! s'offusque le petit barbu.

— On verra.

Lorsqu'il me regarde partir en levant les yeux au ciel, je devine le sourire qu'il tente de masquer sous sa barbe. Il se souvient de moi, lui aussi, j'en suis sûr maintenant. Le grand asticot tout en haut de l'amphi. Celui qui travaillait dur sans en avoir l'air. Un des meilleurs aiguilleurs du ciel. Oui, c'était bien moi.

M. Sssemineau. Mon moment nostalgie de la journée. Ça m'a fait plaisir de le revoir.

— Ce n'est pas la peine de faire la tête.

Brigitte est malheureusement trop prévisible.

— Je ne vois pas ce que tu veux dire…

Comme prévu, ses mains se mettent à trembler sur ses genoux comme si elle émiettait du pain. Son menton remue légèrement lui aussi sous ses lèvres serrées qui ne disent plus un mot. Elle fixe le pot de fleurs et ne veut décidément plus me regarder.

— Je ne comprends pas, finit-elle par articuler.

— Moi non plus… C'est pour ça que je pars.

— On a toujours des dialogues de sourds avec toi.

Je lui prends ses mains avec douceur. Juste un effleurement comme si j'avais peur de les casser. Comment lui dire ? Ce voyage, j'en ai besoin. Elle aussi, d'ailleurs. Un coup de ciseaux dans le cordon, ça ne nous fera pas de mal. Je voudrais le lui dire mais je ne trouve pas les mots. Les bons mots. Ceux qui stopperont les secousses sous mes doigts, ceux qui détourneront ses yeux du pot de fleurs, ceux qui lui rendront le sourire.

Putain de panier de crabes.

43

L'alcool ne conserve que les cornichons

Marie-Lou

En arrivant devant le pavillon *Molène*, j'ai réalisé à quel point j'étais contente de reprendre le travail. Je ne suis décidément pas faite pour rester à la maison. Tourner en rond a fini par me donner le vertige et la sensation désagréable d'être totalement inutile. Que devenaient mes patients ? Hélène De Pommerol était-elle toujours chez sa sœur ? Avait-elle revu son mari ? Marion Latouche entendait-elle encore des voix ? Se prenait-elle encore pour la messagère de Dieu ? Sur qui Lola Lorleach avait-elle jeté son dévolu maintenant que David Guetta était parti voler de ses propres ailes ?

En cette matinée ensoleillée d'octobre, je retrouvais avec plaisir l'allée couverte vintage, les rosiers toujours aussi maladifs et la constellation de mégots de cigarettes devant la porte.

— Eh ! Mademoiselle ! m'a-t-on crié par-dessus l'épaule.

J'ai sursauté. Je ne l'avais pas vu arriver.

M. Lelguen. Il ne pouvait pas le savoir, le pauvre, mais j'étais encore un peu à fleur de peau. On ne pouvait pas me sauter dessus par-derrière, ce n'était pas possible.

— On vous a déjà dit que l'alcool ne conserve que les cornichons ?

J'ai souri.

— Hum… Je pense l'avoir déjà entendu, en effet.

— Et ?

— Pour ma part, j'opterais plus pour du vinaigre.

Il est reparti en méditant, l'index posé sur la bouche. M. Lelguen. Lui aussi m'avait manqué.

Pourquoi m'accueillir avec un bouquet ? Il n'y avait rien à fêter, que je sache, et je n'étais même pas morte. Manifestement, ce n'étaient pas n'importe quelles fleurs.

— Des ancolies violettes, avait précisé Éric. Elles promettent le réconfort et l'apaisement, paraît-il.

Pourquoi en douter ?

— Merci, mais je vais bien.

Tout le service s'était donné le mot pour venir me saluer, et la miraculée commençait à être légèrement gênée.

— Tu aurais pu rester chez toi, avait enchaîné Hubert. J'aurais quand même validé ton stage.

— Oui, merci… Mais j'avais besoin de revenir.

Ils allaient finir par me faire pleurer. Il fallait que j'entre dans le vif du sujet. Vite, commencer ma visite, mes dossiers sous le bras, en compagnie de mon garde du corps préféré. Pas n'importe lequel. Celui qui m'avait si bien remonté le moral le temps d'un week-end et qui connaissait le langage des fleurs.

— Marie-Lou, je viens d'être appelé par le médecin régulateur, m'annonce Hubert en entrant dans l'office. On va avoir une entrée directe. Un patient que je connais bien… Quentin Brossard, dix-neuf ans. Je le suis pour une schizophrénie depuis deux ans, j'ai bien du mal à l'équilibrer. Son père m'a appelé il y a un mois car il n'avait plus de nouvelles de son fils. Il ne répondait plus à son téléphone… On a lancé des avis de recherche, mais j'étais pessimiste. Il était à haut risque de passage à l'acte.

— De suicide ?

— Oui, il avait constamment des idées de persécution.

— Et ? Il a été retrouvé, je présume.

— Dans une chambre d'hôtel. Un établissement miteux près de la gare… Il y est resté un mois sans que personne lui demande quoi que ce soit.

— C'est possible ?

— Il avait payé d'avance pour quinze jours et refusait qu'on vienne nettoyer sa chambre. Quand le patron a fini par forcer sa porte, ce matin, il l'a retrouvé nu comme un ver à même le sol… Il était méconnaissable.

J'observe avec stupéfaction le squelette qui se dresse devant moi. Une longue barbe touffue cerne ses joues creuses. Tout son corps a fondu. Tout, sauf ses yeux qui m'apparaissent énormes et disproportionnés. Il me dévisage d'un air neutre. Effroyablement neutre et vide. Face à ce garçon muré dans son silence, la phrase du professeur me revient tout à coup : la psychiatrie est une science de la parole.

Que faire en ce moment ? Là où l'échange est impossible. Que faire pour l'aider ?

Hubert vient de finir ses consultations et nous retrouve pour la C.V. Il pose sa main sur mon épaule et pince le col de ma blouse blanche en m'interrogeant du regard.

— Désolée, j'ai besoin de me cacher, dis-je en baissant les yeux.

— Ne t'excuse pas, Marie-Lou. Il faut toujours une exception à la règle. Garde-la, ta blouse !

Cette fois-ci, il ne fera aucun commentaire. Pas de syndrome édifiant à proposer. S'il savait comme ce bout de tissu m'est nécessaire en ce moment. Plus qu'une barrière, c'est un mur qu'il me faut ! Combien de temps ça va durer ? Vais-je me sentir vulnérable encore longtemps ?

Éric lui tend sa tasse de thé qu'il vient de préparer selon le même rituel. Thé vert à la menthe infusé quelques secondes, avec deux sucres.

— Alors, Quentin Brossard ? Comment l'avez-vous trouvé ?

— De quel point de vue ? Celui du psychiatre ou celui du neurologue ?

— Les deux, s'étonne Hubert.

Je vois qu'il a besoin d'explications.

— Comment dire ? Son mutisme ne nous a pas permis de faire une analyse fine de ses troubles. Mais sa façon de marcher, son strabisme m'ont fait ressortir mes outils de neurologue. Éric n'a pas pu m'en empêcher…

Celui-ci appuie ma phrase en levant les mains dans un geste d'impuissance. Je continue sur ma lancée :

— En un mois de jeûne, Quentin Brossard a développé d'importantes carences…

Les neurones du professeur Tournos entrent en ébullition.

— Tu parles de déficit en vitamine B1 ?

— Oui, du syndrome de Gayet-Wernicke… Si on ne le traite pas tout de suite, il risque de développer un Korsakoff. Comme M. Lelguen. À dix-neuf ans, ce serait dramatique.

Hubert cligne des paupières. Sa façon de me dire qu'il valide totalement.

— Dis-moi, Marie-Lou, il est temps que tu retournes en neurologie… Je vois que ton marteau réflexe te titille.

Sur ce point, je lui donnerais plutôt raison.

44

« Docteur belles oreilles »

Matthieu

Le titre de ma thèse vient d'apparaître sur le tableau blanc. Merci, monsieur Sssemineau !

« Étude prospective descriptive de l'exostose chez les surfeurs finistériens. »

Je n'ai pas pu m'empêcher de mettre une photographie de la baie des Trépassés sur la première diapositive. Ça en jette !

Dans quelques minutes, la salle va se remplir. Ma famille se mêlera aux membres du jury. Une étape obligatoire. Une case de plus à cocher dans le tableau des corvées ! Je n'éprouve aucune appréhension, aucun stress. Je suis juste un peu gêné d'être au centre de l'attention pendant la prochaine demi-heure. Ma mère, Charlie, les cousins, Josic ont insisté pour venir.

— C'est un moment important qu'on ne voudrait pas manquer, m'ont-ils dit.

Important ? Pourquoi suis-je le seul à considérer que c'est de la supercherie ? Du folklore, ni plus ni moins.

On se déguise, on s'envoie des fleurs et on boit du champagne. Voilà tout. D'ailleurs, ma chemise commence à me serrer le cou, et je la déboutonne encore un peu.

La porte s'ouvre sur les quatre mousquetaires en habit d'apparat. Ça y est, le spectacle peut débuter. D'un air faussement sérieux, les professeurs Simon et Mercier s'approchent pour me serrer la main. Pourquoi se sentent-ils obligés d'être si cérémonieux ? Le fait de porter la toge, peut-être. J'ai bien fait de m'en passer.

Derrière mon pupitre, je les regarde défiler un à un. Incroyable ! Ils se sont tous donné le mot pour venir. Hugo, en vrai fayot, s'installe au premier rang. Il ne veut rien rater et rêve déjà du jour où il montera à son tour sur l'estrade. *Monsieur Chemineau ? Il faudra commander une toge XXS pour Hugo, s'il ne veut pas qu'elle traîne par terre.* Jo a sorti la chemise, lui aussi. Bel effort. Je compatis, mec. Les boutons ? Je sais, ça gratte. Yvonne lui emboîte le pas sans le lâcher d'une semelle. Je reconnais sa démarche chaloupée, son balancement d'épaules qui balaye tout sur son passage. *Monsieur Chemineau ? Il faudra deux chaises pour Yvonne.* Charlie et les cousins font leur entrée à leur tour. Depuis combien de temps le clan Madec n'avait-il pas débarqué à la capitale ? Ils ont troqué leurs tongs pour des chaussures bateau et parcourent la pièce avec des yeux émerveillés comme s'ils entraient dans un musée. De vrais touristes ! Anna les suit de près et me défie du regard. Que me veulent ses yeux bruns pétillants ? Je comprends la signification de son sourire en coin quand la tête de Martigues apparaît derrière son épaule. Si elle savait, je n'en ai rien à faire. *Sale peste !* Tournos ? Pourquoi s'est-il donné la peine de venir ? Je ne pensais pas qu'il figurait dans mon jury de thèse… Son grand sourire m'indique qu'il est content d'être là. C'est déjà ça. Si j'ai une question sur la psychologie des surfeurs finistériens, je saurai vers qui me tourner. Marie-Lou entre en dernier, accompagnée de Brigitte. J'attendais la mariée. La voilà au bras de ma mère. Je ne peux m'empêcher de sourire à cette idée. Ma Joconde plisse les yeux dans ma direction pour me donner du courage. Brigitte, elle, m'adresse un coup d'œil furtif qui semble fier de moi malgré tout.

— Matthieu ? Matthieu ? m'interpelle mon chef de service. Peut-on commencer ?

Les quatre membres du jury sont déjà installés sur l'estrade. Quatre toges rouges qui trépignent d'impatience.

Je leur fais comprendre que je commencerai une fois ma mère assise et bien installée. Celle qui a fait exprès d'entrer la dernière pour ne gêner personne. Un peu de courtoisie dans ce monde de brutes, s'il vous plaît. Le professeur Simon serait-il plus patient au bloc opératoire qu'en salle des thèses ?

— On vous écoute. Vous avez quinze minutes…

Je me tourne vers Marie-Lou en cliquant sur ma dernière diapositive. Elle est si concentrée qu'elle en a oublié de respirer ! Va-t-elle arrêter de stresser pour deux ? Elle écarquille les yeux vers le mur et se met à piquer un fard. Je lui souris. Mon effet de surprise est réussi. Les lettres du mot FIN semblent inscrites à même le sable, avec en arrière-plan, une surfeuse à l'équilibre précaire debout sur sa planche. Ma Joconde. Quelle belle illustration finale ! Jo éclate de rire et se met à applaudir chaleureusement, suivi par l'assemblée tout entière.

— Matthieu..., déclare le professeur Simon sur un ton solennel. C'est un honneur pour moi d'être le président du jury aujourd'hui. Sachez que j'ai pris autant de plaisir à vous lire qu'à vous côtoyer comme interne. Votre thèse est tout à fait à votre image. Originale et passionnée. Bravo !

Je regarde mes pieds. L'étalage de confiture devient gênant.

— J'aurais tout de même un seul regret. *Ah, quand même !* J'aurais aimé en savoir plus. Plus de données bibliographiques. Vous nous avez montré dans votre travail que le bavardage n'était pas votre fort et ce trait de caractère se ressent dans votre ouvrage. Pas une phrase, pas un mot en trop !

Marie-Lou semble valider la dernière phrase du président et me sourit en retour. Brigitte acquiesce, elle aussi, mais reste les lèvres pincées. Va-t-elle arrêter de me faire la tête ?

— Qui pouvait réaliser cette étude mieux que vous ? continue le professeur Mercier. L'océan Atlantique n'est-il pas votre terrain de jeu privilégié ?

Jo explose de rire une nouvelle fois. Il ne peut

pas se taire ? Surtout avec un rire si communicatif qu'Yvonne ne manque pas de reproduire. Bonjour l'assemblée ! Je ne suis pas aidé. Mercier, content de son effet, poursuit :

— J'ai apprécié le travail de prévention qui accompagnait votre thèse. Le fait de distribuer des bandeaux en néoprène et des bouchons d'oreille sur les plages. J'aurais aimé que vous le développiez un peu plus et je rejoins la critique du professeur Simon. On a toujours envie d'en savoir plus avec vous. Finalement, vous pouvez aussi le prendre comme un compliment…

Denis Simon se lève pour annoncer la sentence :

— Le jury vient de délibérer. Il a décidé de vous attribuer la mention très honorable… J'étais même prêt à rajouter les félicitations du jury, mais mes collègues s'y sont fermement opposés.

Il m'inquiète, tout à coup.

— Ils sont plus à cheval que moi sur les traditions, ajoute-t-il, le sourire aux lèvres. Il leur a manqué la toge universitaire, le serment d'Hippocrate…

Je reste de marbre. C'est hors de question. Même pas en rêve. Comme si j'avais besoin de prêter serment pour leur prouver des évidences ! Je ne rechercherai ni la soif du gain ni la gloire. Alors, arrêtez avec vos conneries. Le show a assez duré et je commence à avoir soif.

— *Yec'hed mat !*

Sa coupe de champagne à la main, Marie-Lou vient me glisser à l'oreille :

— Félicitations « Docteur *belles oreilles* » ! Un autographe, s'il vous plaît !

45

Pas de plan sur la comète

Marie-Lou et Matthieu

Elle est assise sur sa valise au milieu du carré central et elle attend qu'il se réveille. Matthieu ne pourra pas partir sans lui passer sur le corps. Ça la fait sourire.

Elle n'a pas dormi. Toute une nuit à le regarder n'a pas suffi.

Écume s'est couché à ses pieds et lui sert de couverture. Il va lui tenir compagnie pendant les prochains mois. C'est elle qui l'a proposé. Comme un moyen de garder un lien. D'être sûre qu'il revienne.

Elle regarde Jo qui ronfle, allongé sur la banquette, près de la table à cartes. Il a passé une dure soirée hier à slalomer entre les coupes de champagne et à lutter contre ses démons. Matthieu s'en est voulu de ne pas y avoir pensé. Hubert a dû l'assommer avec des anxiolytiques et le ramener jusqu'au bateau. Pauvre Jo, rien n'est terminé. C'est un combat de longue haleine.

Le « Docteur belles oreilles » sort de la chambre,

étonné de ne pas l'avoir trouvée sur l'oreiller. Il est encore tout ensommeillé.

— Tu fais quoi ? Le guet ?

— J'avais peur que tu t'échappes, dit-elle, la gorge nouée.

Son regard est triste.

— T'es sérieuse ? Tu crois que je serais capable de partir comme un voleur ? C'est cette image que tu as de moi ?

— Non…

Elle repense aux messages sur l'oreiller. Cette fois-ci, elle veut lui dire au revoir. Simplement.

Il s'approche et lui caresse les cheveux. Elle pose sa tête sur son bas-ventre. Ils restent ainsi enlacés pendant de longues minutes.

Elle finit par lui murmurer :

— J'ai réfléchi à un truc… C'est bien, ta méthode pour ne pas aller trop vite tous les deux.

— Qu'est-ce que tu racontes ?

Il lui prend les mains et la relève tout contre lui.

— Tu sais, le fait de partir loin, pour une durée indéterminée…

— Arrête… Je ne pars pas pour ça et tu le sais très bien.

— Je blague.

— Ce n'est pas drôle.

— Je sais.

Matthieu est assis à la table, sa tasse de café fumant à la main. Il regarde Jo qui dort à poings fermés en face de lui. Il ne le réveillera pas et s'excusera sur un bout de papier.

C'est le moment. Marie-Lou m'attend déjà dans la voiture.

Pourtant il ne bouge pas. Il n'a plus vraiment envie de partir. Comme s'il savait ce qu'il laisse, pas ce qu'il retrouvera.

Les propos de Marie-Lou tournent en boucle dans sa tête.

— On ne se promet rien. On avance chacun de notre côté puis on se retrouve… ou pas.

Ou pas ? Pourquoi a-t-elle dit ça ? Nerveux, il lui a demandé :

— Tu m'attendras ?

— Pas de plan sur la comète, p'tit marin.

Cette phrase lui a rappelé leur première nuit d'amour. Il aimerait que tout soit aussi simple que cette nuit-là. Elle avait voulu le rassurer. Comment lui dire qu'il n'y a plus besoin maintenant ? Il n'a pas trouvé les mots. Comment lui dire que ses grands yeux verts lui donnent envie d'avancer ? De voir la vie du bon côté. De vider le panier de crabes et de desserrer les pinces.

Sur le ponton, elle court vers lui et lui saute dans les bras en croisant ses jambes au-dessus de sa taille. Il l'embrasse longuement.

— Si tu continues, je vais devoir te ramener au bateau et je vais rater mon train…

— Alors je continue, dit-elle en lui mordillant les lèvres.

— Marie-Lou… Ne rends pas les choses plus difficiles !

— Tu vas me manquer… terriblement.

— On ne se promet rien, c'est ça ?

Elle lui sourit d'un air malicieux.

Elle se retrouve sur le quai de la gare entre Brigitte et son chien. Elle ne sait pas si elle doit pleurer ou éclater de rire. C'est nerveux.

— Ça va bien se passer, dit-elle, sans savoir auquel des deux elle s'adresse.

— Et l'auxiliaire de vie ?

Brigitte ne perd pas le nord.

— Qu'est-ce que vous en pensez ?

— Je n'en veux pas, lâche-t-elle.

— Je vais faire le nécessaire, alors…

— Et Matthieu ? S'il l'apprend ?

— Ça sera notre secret.

Leurs joues s'arrondissent.

Quand il la voit sur le quai entre Brigitte et Écume, il ne peut s'empêcher de sourire. Lui qui voulait lui laisser un peu d'indépendance, ne pas brûler les étapes. Il part en lui laissant sa mère et son chien. Sans parler de Jo dont l'équilibre reste fragile, de sa cousine qui s'apprête à avoir un nouveau chagrin d'amour.

Mère Teresa… Va-t-elle pouvoir tout affronter ? Pourquoi a-t-il la sensation qu'elles complotent dans son dos ? Que quelque chose lui échappe ?

Le trio entre en mouvement sans qu'il puisse l'arrêter.
Il recule progressivement et devient tout petit.
La blonde s'accroche à la brune comme à une béquille.
Le chien fait de même.
Le trio se resserre en un bloc.
Son cœur aussi.
Un pincement sourd qui l'empêche de respirer.
Il n'a tout à coup plus envie de sourire.
Il ferme les yeux pour ne garder qu'une seule image.
Une seule.

REMERCIEMENTS

Je dédie ce livre à tous les Josic. À tous ceux qui luttent en silence empêtrés dans leur toile d'araignée. Qui subissent les effets de l'alcool et ses conséquences. Qui n'a pas un Jo dans son entourage ? J'embrasse le mien au passage, il se reconnaîtra.

Merci Mickaël de m'avoir ouvert les portes de Bohars et de son internat. J'ai gardé le décor et mon esprit fantaisiste s'est chargé du reste. J'espère que tu ne m'en voudras pas. Ton hôpital est devenu celui du professeur Tournesol où les îles Bretonnes donnent leur nom aux pavillons, où David Guetta se promène parfois. Je tiens à rappeler que tous les personnages de ce roman sont le fruit de mon imagination.

Merci à Lina, Richard, Sandrine, Anne-Laure et à toute l'équipe d'Albin Michel.

Merci à Katia pour ses corrections.

Merci à ma tribu aux yeux couleur de pluie : Pierrick, Milia, Axel et Arthur. À mes trois petites têtes blondes qui participent activement aux séances de dédicace.

Et enfin, merci à vous, chers lecteurs ! Vos messages m'ont donné confiance et poussée à continuer. J'ai écrit ce deuxième roman dans un tout autre état d'esprit puisque j'étais en votre compagnie.

REMERCIEMENTS

Du même auteur :

LES YEUX COULEUR DE PLUIE, Albin Michel, 2016.

Pour contacter l'auteure :

sophietalmen@yahoo.fr
www.facebook.com/sophie.tal.men/

PAPIER À BASE DE FIBRES CERTIFIÉES

Le Livre de Poche s'engage pour l'environnement en réduisant l'empreinte carbone de ses livres. Celle de cet exemplaire est de :
300 g éq. CO_2
Rendez-vous sur www.livredepoche-durable.fr

Composition réalisée par MAURY-IMPRIMEUR

Achevé d'imprimer en avril 2018, en France sur Presse Offset par
Maury Imprimeur – 45330 Malesherbes
N° d'imprimeur : 226696
Dépôt légal 1re publication : mai 2018
Librairie Générale Française – 21, rue du Montparnasse – 75298 Paris Cedex 06

75/2796/7